母亲的芬芳，是乡土的芬芳。

——余光中

凌翔　主编

乡土的芬芳

王其成　著

北京出版集团
北京出版社

图书在版编目（CIP）数据

乡土的芬芳 / 王其成著；凌翔主编．— 北京 ：北京出版社，2023. 3

ISBN 978-7-200-17816-6

Ⅰ. ①乡… Ⅱ. ①王… ②凌… Ⅲ. ①散文集—中国—当代 Ⅳ. ①I267

中国国家版本馆 CIP 数据核字（2023）第 007785 号

乡土的芬芳

XIANGTU DE FENFANG

王其成 著

凌翔 主编

出　版　北京出版集团
　　　　北京出版社

地　址　北京北三环中路 6 号

邮　编　100120

网　址　www.bph.com.cn

发　行　北京出版集团

印　刷　三河市中晟雅豪印务有限公司

经　销　新华书店

开　本　710 毫米 ×1000 毫米　1/16

印　张　14.5

字　数　195 千字

版　次　2023 年 3 月第 1 版

印　次　2023 年 3 月第 1 次印刷

书　号　ISBN 978-7-200-17816-6

定　价　69.80 元

如有印装质量问题，由本社负责调换

质量监督电话　010-58572393

序：一个人的地方志

王清平

其成绝对是块作家诗人的料。有个性，有思想，有情怀，不当作家诗人，不可能。

认识其成很晚。端起酒杯一喝，杯杯见底。放下酒杯一叙，居然是校友，都是中文系的。只是我略长几岁，错过了与他同届。他毕业后从乡下中学辗转进城教书，一直教到现在。我却阴差阳错地在教十年书后改了行。不然，如果我们在同校教书，肯定是志趣相投的铁杆文友。他的行为做派，一如当教师时的我：教好书，端牢自己的饭碗；做自己喜欢的事情，什么神不劳。作家诗人都这个性。

其成出生于农村，幼年体弱多病。怕“拴”不住，善良的母亲为他认下一讨饭的刘姓女人做干娘，“留”住了他。其成成人后读书用功，考上大学，为人师表，一晃三十余年。其间经历了什么艰难曲折，所知甚少。认识他时，知道他在教学之余，生活丰富多彩。背上行囊，行走天下，自称“驴友”。偶有所感，落笔成诗，率性作文，遂成作家。桃李满天下，履痕遍地上，文气荡荡，仙骨朗朗，活得那叫一个潇洒自在。

其成又经历了怎样的艰苦打拼走上创业道路，我没有探究。只知道几年前，他家在古黄河畔开了一家茶楼民宿，取名“听蝉居”。一听这名我就想起杨万里的《听蝉八绝句》，便知此名出自其成之手。其成想闹中取静，思得“绿杨阴里听蝉声”的悠哉闲适。很快，听蝉居成为宿迁文人雅集之地，“民间小文联”的美誉日渐丰隆。

走进听蝉居，蝉声早被尘嚣掩盖。楼内小桥流水，书香浓郁，茶香留齿，足以游目骋怀，纵情诗文，遗世独立，果为听蝉之境。隐约在耳的尘嚣不就是聒噪的“蝉声”吗？每有聚会，多则五六十，少则一二十。不管大小，其成夫妇都会建群预约，提前彩排，端茶倒水，热情照应，保证人人满意。聚会最后，免不掉还要以酒助兴，多有破费。其成夫妇为什么这样做？我理解，情怀，文人情怀，家国情怀。思来想去，除此无他。市场经济形势下，没有情怀谁愿做这种事情？其成凭借一己之力，助力宿迁文艺发展，精神难能可贵。

与其成交往，虽然相见恨晚，但感觉舒服，愿意长期相处。其成个性鲜明，但不张扬；思想先进，但不偏激；情怀浩荡，但不放纵。与众不同，却能融入大众，乐于助人，倾其所有，尽其所能，却不惮风险，不求回报，够义气！

几年前获赠其成一本诗文集，其中诗文普遍不长，率真明朗有嚼头，读了如见其成。

临近虎年，接到其成这部《乡土的芬芳》，立即打开拜读，竟然爱不释手。58 篇散文，“风”字分辑，五个部分，多以地情为题，得书名“乡土的芬芳”。浑然天成，篇篇精美。遵嘱为序，想起一部书《一个人的文学史》，其成这本《乡土的芬芳》不就是一部“一个人的地方志”吗？

散文集怎么会是地方志?《乡土的芬芳》与地方志有什么相似之处?

拜读《乡土的芬芳》，感觉与地方志相似的地方很多。

《乡土的芬芳》是一部把个人旅行融入地方文史的旅行志。先跟着其成的脚步去丈量宿迁的版图吧！从英雄故里出发，在穿越历史长河的运河和古黄河上走走，然后足迹逐渐放大，骆马湖，三台山，洪泽湖湿地，直至几个村并称的“五朵金花”，甚至停足于一个个小小的村庄。如果给其成本书所写的地名作上记号，不难发现他几乎丈量了宿迁的版图。在其成丈量过的版图上，有经济、社会的发展，有人文历史，有风土人情，有人物传记。而这些不正是地方志记述的内容吗？其成喜欢旅游，朋友共知。但其成为什么热衷于宿迁境内的这些景点？如果把其成丈量祖国大好河山的《四季履痕》与本书放在一起，那就不失为当代的“徐霞客游记”了。而这本《乡土的芬芳》，紧扣乡土，掬一抔家乡的芬芳乡土，这正是其成对本书的严谨把握。也许不久以后他又有一部更广阔的旅游散文出版。我不得不佩服其成撰写本书的良苦用心了。

《乡土的芬芳》是一部把人生阅历融入地方文化的乡村口述史。绵延数千年的农耕文明渗透在乡村生活的点点滴滴，融入每一个在农村生长的孩子的血液，也许无法从教科书中找到源头出处，但它们却真真切切地像无形的风和空气一样徘徊在乡村与乡村之间。其成以“我”的视角记述了乡村地情。读其成的这部散文集，就像读一部乡村口述史，我仿佛又回到了自己的村庄。伴随着其成的《认干娘》《正月十六逗巧饭》等篇章，我回到了那个艰难的岁月，走进了一个农村孩子苦难而又快乐的童年、苦学拼搏的青年时代。也许在县级以上地方志中已很难找到《乡土的芬芳》里写过的乡村，但是，从一个人的地方志里分明听到了历史长河的涛声。

《乡土的芬芳》是一部地方人物志。宿迁历代人物在本书中几乎都有，虽然没分朝代，虽然不是传记，但分明能看出其成对宿迁历史人物的研究和热爱。同时，我还看到其成不惜笔墨描写了许多同时代的人物，他们有成功人士，有其成的同事，更有身边的百姓，他们都是有血有肉、有情有义的人。无论与其成有没有交集，但在其成笔下，这些人物都真实生动，可敬可爱。其中尤其令我感动的是其成的母亲，在许多篇章中其成写到了母亲。母亲好强，十九岁入党，没有豪言壮语，但勤劳善良，自立自强。《认干娘》中的母亲救济了一对讨饭母子，情节生动，细节逼真，令人动容。认下一个讨饭的村妇做孩子干娘，也许有迷信或巧合，但分明看出母亲从不嫌贫爱富的优秀品质。“母亲说，什么穷的富的，日子还不是人过的吗？俺就看中你姓刘了。你看俺这孩子，病恹恹的，从一生下来就调皮，倒劳多少神。快过来，喊干娘。”朴素的话语里蕴含着人生哲理，更显露人的品质。《母亲住进养老院》里母亲八十多岁，对养老院从拒绝到适应，老人家晚年对新事物的惶恐和对旧事物的留恋，读来令人唏嘘。一月一次回到长满青苔野草的老家看看，只为与乡邻亲友唠唠嗑儿。而儿女的一片孝心又在与现实诸多死去的老人对比中显得更为珍贵。

《乡土的芬芳》是一部一个人的艺文志。宿迁历史上的文学艺术名家名篇在本书中都有体现，有的单篇记述，有的合记。恕不赘述。

有版图，有历史，有人物，有艺文，而且以五“风”分类，以地情为名，据此，说《乡土的芬芳》是一个人的地方志，不为过吧？

然而，难道《乡土的芬芳》与地方志就没有不同吗？当然有，不同大了去了！

不同在于本书有观点有思想。地方志要求“述而不论”，历史留给后人评说。《乡土的芬芳》则不需要。作者自有思想，自带评说。所见所闻，根据个人喜好，根据作品立意取舍。喜欢的，着墨多点。不喜欢的，弃之不用。人文历史，信手拈来，天衣无缝，但必定符合作品内容要求，而且能引起读者的兴趣。臧否人物，褒多贬少。尤其是对普通百姓，其成不惜笔墨加以歌颂。可见，其成有着很浓重的民本思想。这正是一个作家必备的思想基础。

不同在于本书有情感有温度。地方志属于公器，不能夹带个人情感。《乡土的芬芳》是一部“一个人的地方志”，见人、见事、见物、见时代。见人，必是有情感的人。虽说本书有“人物志”，但书中人物无论是古今英雄，还是身边家人同事，都是有血有肉有情感的人。而且，本书多以“我”的情感为脉络表情达意，纵是融入文史，也是“我”的切身感受，自然带着个人情感色彩。见事，必是有意思的事。徒步也好，赶集也好，参观也好，寻访也好，事事都由“我”起。而事在人为，事中藏理。事有公道，“我”则敬服；事有曲直，“我”则求直；事有不平，“我”则愤鸣。因此，本书是一部有温度的“地方志”。见物，必是有情物。“我”寄情于物，寓理于物，有时甚至物我合一，物我两忘。湿地芦花、村里的树，宿迁小菜、春天的野菜，祖父留下的遗产碌碡、“听懂人话”的萌宠大白，哪件“物”不留下一段故事，不寄托了“我”的情感？见时代，必是有故事的时代。宿迁城市版图的变化、老家村庄的萧条、苏北的新民居，见证着时代的变迁。伴随着变迁，人们更加留恋过去。而本书中的“我”分明不是恋旧之人，面对时代变迁却也平添了一丝淡淡的忧伤，因为岁月长河中的那些人、那些事、那些物令“我”难以忘怀。本书每一篇散文都流淌着乡土的芬芳，同时也流淌着岁月的芬芳，正是时间荡涤了乡土的苦难和悲伤，正是岁月沉淀了“我”的良知和善良。

不同在于本书的结构。看似以“风”字打头的工整结构和以文史为题的篇章结构，其实蕴藏着“我”的艺术匠心，同时也暴露出“我”的文学追求。正常情况下，语文老师的散文普遍具有教科书般结构严谨和文辞优美的特点，因而读来常感循规蹈矩，似曾相识。而其成的散文却不落俗套，清新自然，自出机杼。在谋篇布局上，其成以“风”字立题，以“我”字入题，貌似游记或叙事，却常有文史融入，全无陈陈相因之所谓主题。我注意到其成每一篇作品的开头，各个不同，无疑是经过深思熟虑的。试举如下：“我不信佛，但爱逛庙。”（《宿迁的庙》）转折结构的句子既点了题又令人费解，既然不信佛，又何必逛庙？“早上听广播才知道今天二月二了。”（《二月二龙抬头》）一个“才”字泄露了对二月二不期而至的好奇。“现在的日子天天像过年，大人小孩儿对年节的兴趣都不是太浓。”（《正月十六逗巧饭》）分明是想说“我”对年节倒想说道说道。“接到伯父去世的消息，我简单收拾了一下行李就往家赶，等我到家的时候亲戚都已到齐了。大家商议的结果是按喜丧来办。”（《喜丧》）

喜丧可不是轻易能办的，看来是有标准的，那么，伯父去世够喜丧标准吗？“一进家门我就看见茶几上放着一个大塑料袋，里面隐隐约约露出一团绿色。”（《春天的野菜》）看到一团绿色是什么心情？一进家门眼睛就看直了。这些开头引人入胜，代入感很强，很多都类似小说的开头。看似妙手偶得，其实相信其成定锤炼再三。我说暴露了其成的文学追求，正在于此。

不同在于本书的味道。地方志讲究平铺直叙，味同嚼蜡。而本书的文字充满诗性，多用宿迁民间语言，包括方言俚语，散发着浓浓的乡土芬芳，读来很有味道。在许多篇章中，其成都谈笑风生，纵横捭阖，落笔成趣，我看到了他即将跳出传统散文转向小说创作的心态和语言准备。期待拜读他的小说大作。

尽管本书与地方志有诸多不同，但我依然认定这是一部“一个人的地方志”。因为它不仅具有独特的文学价值，而且还具有地方志存史、资政、育人的功能。一书在手，尽览宿迁人文历史、风土人情和旅游资源，这不是鲜活的文学性很强的地方志是什么？！

对于本书，我一个本地人读来尚觉新鲜，相信必将成为游客感兴趣的宿迁旅游指南。

匆匆为序，不当之处，敬请其成批评！

2022 年 1 月 15 日晨于南京

王清平，1959 年 12 月出生，祖籍山东高唐，现为宿迁市关心下一代工作委员会副主任兼秘书长，中国作家协会会员、江苏省作家协会主席团委员、宿迁市作家协会主席，国家一级作家。

目 录

第三辑　风物

第四辑　风范

第一辑　风景

英雄故里

宿迁能够称得上是英雄故里。

宿迁最大的英雄是西楚霸王项羽。

项羽的英雄称号是司马迁封的，《史记·项羽本纪赞》云："羽非有尺寸，乘势起陇亩之中，三年，遂将五诸侯灭秦，分裂天下而封王侯，政由羽出，号为'霸王'，位虽不终，近古以来，未尝有也。"

项羽的英雄称号是李清照封的，短章《夏日绝句》云："生当作人杰，死亦为鬼雄。至今思项羽，不肯过江东。"

项羽的英雄称号是刘家魁封的，长诗《英雄挽歌》云："英雄梦，霸王梦……蘸别人的鲜血写开头，蘸自己的鲜血写结尾。"

项羽的英雄称号是宿迁人民封的，2019 版《宿迁市志》总结项羽文化的历史地位云："终结暴秦的西楚霸王，名列第一的战神，唯一不以成败论英雄的盖世英雄。"

英雄故里当有英雄遗迹。即使沧海桑田，岁月的风霜抹平了一切遗存，后人也会在这片土地上接续延展，否则英魂无以承载，追思也没有寄托啊。所以宿迁从来就不缺纪念项羽的场所。项羽的出生地叫梧桐巷，这条街巷就一直安放在宿迁的版图上，无论城市如何变迁改造，梧桐巷一直在那个位置，甚至延伸到报纸上（《宿迁晚报》文学副刊名"梧桐巷"）。巷子的尽头有一棵埋藏项羽胎盘的梧桐树屹立数千年仍根深蒂固、枝繁叶茂。梧桐巷周围的人们称之为项王故里，这里一直留存纪念项羽的设施，有房有庙，有碑有坊，塌了修复，毁了再建，代代相传。至清康熙四十二年（1703），宿迁知县胡三俊在此立下一块“项王故里”石碑，自此项王故里有了历史物证。1935年，国民党骑兵第一师师长张华棠率部驻扎宿迁，积极倡导修复项王故里，设项里公园，建英风阁和槐安亭；民国宿迁县县长张乃藩又扩而大之，使之成为远近闻名的旅游胜地。中华人民共和国成立以后更是多次扩建增容，特别是2011年，大手笔大投入，使小不点变成巨无霸，现在的项里景区占地65万平方米，建筑面积35万平方米，集凭吊、观光、休闲、商贸于一体，全方位、多功能展现西楚波澜壮阔的社会风貌和项羽拔山举鼎的辉煌一生，是国家4A级风景名胜区、江苏省重点文物保护单位。

项里景区核心的核心是项王手植槐，这棵老树数千年生命不息、英魂永驻，是宿迁历史和项王胜迹的活化石。我还是引用梁衡《树梢上的中国》中《秋风桐槐说项羽》的文字来描述吧：“岁月沧桑，英雄多难，这个从淤泥中挣扎而出的树头某年又遭雷电劈为两半，一枝向北，一枝向南，撕肝裂肺，狂呼疾喊，身上还有电火烧过的焦痕。向北的那枝，略挺起身子，斗大的树洞，怒目圆睁，青筋暴突，如霸王扛鼎；向南的一枝已朽掉了木质部分，只剩下半圆形的黑色树皮，活像霸王刚刚卸落的铠甲。但不管南枝、北枝都绿叶如云，浓荫泼地。两千年的风雨，手植槐修成了黄河槐；黄河槐又炼成了雷公槐。这摄取了天地之精、大河之灵的古槐，日修月炼，水淹不没，沙淤不死，雷劈不倒，壮哉项羽！”

这不正是项羽精神的写照吗？

宿迁历朝历代都有英雄涌现，彪炳史册的就有南宋抗金英雄魏胜、明代抗倭英雄刘江、清末守台英雄杨泗洪、抗日英雄孙朋瑾、新四军第四师师长彭雪枫、人民炮兵创始人朱瑞，他们战功赫赫，名垂青史，泽被家乡；亦有墓冢坟茔、纪念场馆供后人凭吊瞻仰。

在京杭大运河畔、项王故里东首、东关口历史文化公园北侧，有一座赭红色的墓茔掩映在苍松翠柏之中，这就是清末舍命守卫台湾的民族英雄杨泗洪之墓，称为杨公墓。杨公墓最夺目之处是墓道前的一座高大的牌坊，牌坊中柱和边柱分别高5米、6米，中额题“杨公墓”三个隶书大字，正门两柱上刻有一联：“血洒台湾，誓保中华疆土；骨归故里，共钦民族英雄。”两根边柱上的对联更加气势磅礴：“沂泗如襟，黄运如带，横贯十三州，独立中流如砥柱；摧秦有项，败倭有杨，上下两千载，同生一地两英雄。”为宿迁已故著名书法家窦燕客先生所书。对联纵横捭阖，将时空交错于一体，盛赞宿迁大地地灵人杰，英才辈出。

彭雪枫本不是宿迁人，他生于河南，亦牺牲在河南。抗战时期，彭雪枫任新四军第四师师长，四师师部在宿迁泗洪县大王庄，当时属淮北抗日根据地，彭雪枫牺牲后埋骨在洪泽湖畔泗洪半城镇。2005年彭雪枫诞辰100周年之际，宿迁在市区城北大运河畔划地320亩建设雪枫公园。公园按彭雪枫生平事迹设置景点，建有育德广场、红星眺望台、长征路、铁师林、砺剑园、白雪亭和红枫亭、半城岛、拂晓广场、长淮路、卖马坡、捷胜亭、飞骑桥、九月湖和彭雪枫纪念馆，现为4A级旅游景点，免费开放。

宿迁的英雄榜给朱瑞将军留有一个重要席位，他是中国人民解放军炮兵奠基人、“100位为新中国成立做出突出贡献的英雄模范人物”之一、解放战争中牺牲的最高将领、东北军区炮兵司令员。朱瑞于1905年出生在宿迁市宿城区龙河镇朱大兴庄。1920年，15岁的朱瑞背起行囊，告别父母，远离家乡，到徐州、南京、广州、莫斯科求学。1930年从苏联克拉辛炮校毕业回国，走上革命道路。先后辗转上海、武汉、瑞金，1934年10月与林彪、聂荣臻、左权率领红一军团开始伟大的长征，走完两万五千里，到达陕北。参加过东征、西征战斗后，进入晋冀豫边区，投身艰苦的抗日战争。1939年受党中央委派，到山东任中共北方局山东分局书记，从事山东抗日根据地的建设。1943年9月，朱瑞离开山东，前往延安，参加延安整风运动和中共第七次全国代表大会。抗战胜利后，朱瑞放弃了中央军委副总参谋长的任命，到延安炮兵学校担任代理校长，开始走上人民炮兵的创建道路。数月以后，开赴东北投身解放战争的伟大事业。1948 年 10 月 1 日，新中国成立前夕，朱瑞牺牲在辽沈战役义县战场。

朱瑞的人生轨迹完全重叠在中国革命的道路上，他的每一个脚印都深深地印在祖国大地上，纵使岁月的风尘无情地掩埋，那些印痕依然清晰可辨。在他的故乡宿迁，人民更不会忘记这位为新中国的建立做出突出贡献的英雄。早在 1985 年，宿迁市人民政府就在马陵公园建有朱瑞将军纪念碑亭，正面刻有“朱瑞将军永垂不朽”八个大字，背面是朱瑞将军传略。碑亭为六角仿古木亭，琉璃瓦饰顶，十分古朴庄严。后又在龙河镇朱大兴村复建了朱瑞故居。2012 年 12 月朱瑞将军纪念馆在市区“印象黄河”景区古黄河北岸落成。馆区占地面积 72000 平方米，主馆总建筑面积约 8400 平方米，国防部原部长迟浩田题写馆名。整座建筑设计为古代规格最高祭祀礼器鼎置于高台之上的造型；建筑各立面形制对称、均等，为五角星的一部分，象征着朱瑞将军戎马一生最后却未能看到祖国的辉煌。飞升的倒四方台，展现了挣脱地面、飞扬而上的动势。

纪念馆外观给人以硬朗、周正、动感与洗练的感觉。馆内中央纪念大厅竖立着高达 5 米的朱瑞将军雕塑，纯铜铸造，由中央美院创作完成，铜像高大、威武，充满英雄气概。展厅以朱瑞将军生平事迹展览为主，分为“救国寻路、红军将领、抗日烽火、战地炮魂、民族长城”五大板块，收录大量的图片、文献、实物等，全面而客观地展现了朱瑞将军波澜壮阔的一生以及对炮兵缔造所做的卓越贡献。

朱瑞将军纪念馆是宿城新区“印象黄河”景观带中一个重要的人文景点，是人们了解朱瑞、凭吊英雄的重要场所，是江苏省爱国主义教育基地。

郁达夫在鲁迅纪念大会上说：“一个没有英雄的民族是不幸的，一个有英雄却不知敬重爱惜的民族是不可救药的。”一个地方也是如此。我们宿迁有英雄，我们敬重英雄。

运河桥上看宿迁

桥，横卧川上，弓起脊背，为观赏者撑起一个观景的制高点；一脉水流过滤掉一些遮挡视线的杂物，让视野一览无余，直视无碍。站在桥上看风景，往往别有洞天。

古老的京杭大运河从宿迁境内穿村越城而过，120 多公里河段上十数座大桥飞架两岸，驻足桥上，一座一座看过去，几乎可以把这个文明之城尽收眼底。

宿迁大运河上有多少座桥？不扳着手指数一数，一下子还真说不出来。县区就不管了，单是市区就有十座之多。这些桥官方都有命名，但老百姓自有一套特殊的命名方式，它不是按照空间，而是依据时间，按建桥先后以序号呼之。因此才有一号桥北是四号桥，南是五号桥，再向南是三号桥，再向北是二号桥的奇怪组合，就连电子地图也接受了这种命名。

好吧，随我一道走上运河大桥来看一看今非昔比的大宿迁吧。

首先来到五号桥，正式名称为项王路秀强运河大桥。不只因为秀强运河大桥如三道彩虹卧于波上，十分美观，更在于这一段是中运河宿迁段的核心，世界遗产的标识牌就立在这座桥下。

站在秀强运河大桥上北望，蓝天白云之下，大运河流水汤汤，清波荡漾，几座高楼点缀在远处岸边；运河一号桥横亘在水面之上，桥塔和悬索牵起两岸的建筑；浓浓的绿荫如眼睫毛一般簇拥着河道，使河水灵动有神；一条满载货物的拖船从桥下驶过，把平静的水波裁成一个大大的“个”字；两岸绿植与建筑交相辉映，沿着河岸向前延伸。极目远眺，让人心旷神怡。

西岸紧靠桥下是一处古建大王庙。该庙始建于明，重修于清，是祭祀水神、祈求河清海晏的庙宇。青砖碧瓦的院落掩映在一片翠绿之中，俯瞰如绿枝编织的小巢。这一段运河就是中运河的核心，大运河世界遗产的石碑就立在桥下庙前岸边。

从项王路秀强运河大桥向南看，这一带水面最为开阔，可以用烟波浩渺、水天一色来形容了，天气晴朗的傍晚，视线沿着运河一直延伸到很远的地方，那儿天水相接，云栖树梢。右岸是 2017 年完工的东关口历史文化公园。这里曾是宿迁水路运输的主要码头和进出口货物集散地，后被历史洪流所淹没。今逢盛世重塑昔日辉煌，再现明清东关盛况的关口牌楼及关口街建成，为古运河畔又添盛景。远眺胜景，雄雄关楼耸立水畔，巍巍城墙护佑堤岸，与项王故里遥相呼应，构成宿迁最具思古情怀的景观。

长长的运河，长长的驳船，长长的城墙，长长的河岸……放眼南望，天高水长，白云悠悠，船行水上，树绿岸边，多么美丽的运河风光！

五号桥向北就是运河宿迁大桥，俗称一号桥。

1996 年宿迁建市之前，这座桥是宿迁除船闸外沟通运河两岸的唯一通道，建桥历史悠久，最早可以追溯到 1938 年，占据睢宁的日寇东犯宿迁前夕，国民党第 89 军第 198 团团长刘振黄下令征集木材和民船，在大运河上架起一座木桥；1945 年 8 月，日寇撤离宿迁逃往新安镇时，放火烧了木桥；新中国成立以后，于 1950 年对残桥进行维修加固，使之勉强能够通行；1959 年，因木质腐烂，加之阻碍运河船只通航，木桥被拆除。

此后近 20 年，一条大河隔开两岸，往来仅靠一条小船摆渡，所以宿迁有运东、运西之说，东西两地虽相距不足千米，但人情有别，风俗各异，所谓隔河十里远啊！

老宿迁运河大桥始建于 1974 年，服役 30 多年后，终于老态龙钟，于 2009 年寿终正寝。2010 年 2 月，新的运河大桥正式施工，2011 年 11 月建成通车。这座新桥出生虽然晚于运河上的其他几座桥，但它继承了其前辈的名字，人们仍然尊称为一号桥，官方亦命名为宿迁大桥。大桥西起宿城区运河路，横跨京杭大运河，东至宿豫区金沙江路，桥长 660.6 米，接线长 178.158 米，总长 838.758 米，宽 26.5 米，双向四车道。主桥采用独塔双索面混凝土斜拉桥设计，主塔造型为独特的“门”式结构，在塔身及护栏上增加古典元素，使主塔富有地方特色。横梁设浮雕装饰，东西两面中部各刻有“宿迁大桥”四个大字“印章”，朱红颜色，分外醒目。

高高的索塔就像一扇门，连接着东西两岸，门里门外都是繁华都市；又像是一道幸运之门，走进去，就走进了一座文明之城、卫生之城、魅力之城。前方，高楼林立，错落有致，留下起伏的天际线。

只有立足桥上才能有美丽的视角，目光越过运河，越过河面上驶过的船只，停留在绿丛后的高层建筑上，那儿住着一个个幸福的家庭。说不定此时某个阳台上就有一双眼睛越过运河，越过河面上的船只，将目光停落在大桥上，诠释着卞之琳的诗意。

换个角度到桥下看，大桥凌波而起，飞跃水上，夕阳晚照，熠熠生辉。一条小船摇橹剪浪而来，仿佛载着梦，准备停靠岸边，等着千家万户来寻梦。

宿迁的大运河在宿豫区闸东居委会处转了个 90 度大弯，由南北走向变为东西走向，一路西行，在其北岸崛起了一个滨骆马湖而建的湖滨新区。发展大道桥、运河文化大桥、引湖大桥，三桥并架，让昔日丘陵荒村成为都市的一部分，也让宿迁市由临河城市跃升为滨湖城市。站在运河文化大桥最高处，北望，一片绿海中高楼鳞次栉比，城市风貌初具雏形，晴朗的日子甚至可以看见骆马湖的粼粼波光和湖边的摩天巨轮；南眺，日渐长高的城市，座座高楼在绿荫中挺立如同起航的帆，大美如此，不由得你不心生艳羡。建市之前宿迁仅在运河、黄河之间的狭长地带延伸，显得瘦弱不堪；现在东进西拓引湖纳山，魁梧多了。

“一桥飞架南北，天堑变通途。”桥不仅带来交通的便利，也为人们提供了审美的视点。在运河桥上看宿迁，我会流连忘返，乐而不归。

徒步黄河故道

母亲河黄河假道宿迁长达 700 年之久，在境内留下全长 114 多公里的黄河故道，因此才有“沂泗如襟，黄运如带，横贯十三州，独立中流如砥柱”之誉。故道西起宿城区王官集镇朱海村，东至泗阳县新袁镇交界村，串起两区一县的城市和乡村。

为了一睹古道风采，我和宿迁户外运动爱好者一起，分四个阶段徒步走完宿迁黄河故道全境，真切感受到这个昔日黄泛区如今生态大公园的巨大变化。

第一阶段：王官集镇朱海村至市区黄河二号桥，里程约 33 公里。

王官集镇朱海村与睢宁县交界。黄河故道在这儿被徐洪河截断，失去了与徐州境内黄河故道的紧密联系，开启了宿迁段黄河故道的行程。我们的徒步从这里开始，沿南岸朝宿迁市区进发。

黄河故道流经乡村的河段，如同村姑一般，不事装扮，朴素得有点土。河堤上散乱地长着一些杂树，齐腿深的茅草掩盖着大堤，就像鲁莽者胳臂上长长的汗毛，只在路心被踩出一条路眼儿，向远方延伸。千金小姐走在这样的路上，也许会觉得有点荒凉；但户外人爱走，这样的路有弹性、有体温，胜过生硬的水泥路。

初秋季节，酷暑已被吹走，习习凉风从河面徐来，清爽无比。河堤下的芦苇站在水里，青中泛黄，芦花已结满头穗，尚未飘飞成蝶，恰到好处地写意着秋景。

堤岸右侧是大片的水稻田，已是满眼金黄，快要能收割了。也有人家在堤内堤外围水成塘，养殖鱼虾，搞起了副业。

一人走得快，众人走得远。再长的路也经不住说说讲讲地走，一路吹牛皮侃大山，户外男高音凯旋（网名）背着喇叭耳麦，不时来一首清唱，歌声借着秋风把我们拉得健步如飞，不知不觉已到了城郊董坝村。

我没对董坝地名的由来做过探讨，但肯定与治水有关。董坝背对运河，面向黄河，想必遭过水患，筑坝保护家园。

跨过通湖大道，黄河故道就由乡野村姑变身时髦女郎了。这一段流经宿迁市区，城里人讲究，经过精心打扮，黄河故道玉树临风，光彩照人。

从通湖大道到黄河二号桥这一段是黄河故道的精彩段落，有个统一的名号，叫古黄河水利风景区，2014 年被水利部评为第十四批国家级水利风景区。风景区沿古黄河两岸展开，长度在 7 公里左右，总占地面积 85 公顷，其中水域面积 34 公顷，分印象黄河、古黄河水景公园和雄壮河湾三个板块。景区内的 2 座高塔、3 条沿河栈道、3 个游船码头、7 座亭阁、10 个广场、12 座岛屿、24 座景观桥，构成“烟波水世界，绿色梦田园”的故道大观。

这是宿迁人的后花园。花园内绿树成荫，花香弥漫，曲径通幽，池塘点点，亦有亭台楼榭，高塔古屋。每当夜晚来临，花园里人流不息，四季如一。这也是户外徒步的好去处，我们无数次伴着灯火与星光，两岸穿梭，行走在树影花香中。

越过通湖大道，50 多人的徒步队伍进入水利风景区的“印象黄河”段。首先进入视线的当然非双塔莫属。紧邻通湖大道是一大片水域，夏天水面上绿荷浮水，菡萏耸香；现在枯叶残枝，另有一种凋零之美。秋高水蓝，一胖一瘦两座高塔倒映水中，直视无碍。西侧看塔没有其他景物干扰，空中水里盈眼的全是塔；行至北侧，黄河南岸的小区、学校做了衬托，高塔居高临下立于屋面之上，大有凌空之势；东侧赏塔是最佳视角，前景有拱桥曲径，有瘦水长堤，有绿树红梅，双塔高耸在丰富的景观之后，形成立体的构图，画面感很强。这个角度也是摄影师的最爱，四季晨昏，阴晴雨雪，大片迭出。

双塔一高一矮，一胖一瘦，一雄一雌，取乾隆帝诗句“第一江山春好处”分别命名为江山塔和春好塔。九层江山塔高 90.97 米，七层春好塔高 70.97 米，内部均设有观光电梯，自下而上展示宿迁的历史文化、风土民情、乡贤义士；亦可登高远眺，遍览印象黄河风景。双塔已成为宿迁的地标之一。

印象黄河景观精华在北岸。春有桃花夏有荷，秋赏红叶冬赏梅。草地、密林、湖泊、亲水廊道、花径园圃、人文建筑，景观多样；还设有自行车道，不但可以漫步健走，还可以飞车骑行。

有两处人文景观常引人驻足。一曰楚园，一个明清建筑风格的仿古院落，石牌坊大门，门楣上嵌有“楚风水韵”四个大字，两旁有联曰“风和日丽，绿满黄河九万里；燕舞莺歌，花香古楚四时春”；院内饰以“锦鲤水中戏，清泉石上流”的雅致景观；其中一处高大的建筑里展有数百块形态各异的灵璧奇石，据说价值不菲，但我从来未进去观赏过，每次经过总是大门紧闭。

另一处著名的人文建筑是朱瑞将军纪念馆。朱瑞是宿迁之子，“100 位为新中国成立做出突出贡献的英雄模范人物”之一、中国人民解放军炮兵奠基人、东北野战军炮兵司令员、解放战争中牺牲的最高将领。纪念馆由国防部原部长迟浩田题写馆名。整座建筑设计为古代最高规格祭祀礼器鼎置于高台之上造型，建筑立面为五角星的一部分。每次经过这里，我都对这位年仅 43 岁就为国捐躯的英雄肃然起敬。

迎宾大道和发展大道之间这一段黄河风光带取名叫“古黄河水景公园”，位于市政府后面，是市区最早建成公园的黄河故道。无论春夏秋冬，不管白昼黑夜，这一段无疑是最热闹的地方，不只是因为这里更靠近市中心，还因为体育设施完备。这里有足球场、篮球场、网球场、羽毛球场、门球场、手球场、板球场，有塑胶跑道、健康步道、多处体彩健身设施，环山（土堆）绕水的木栈道绵延数公里，还有标准应急避难场所，所有设施都有先进的夜间照明，免费向市民开放，几乎所有体育爱好者都能在这里找到自己的用武之地。水景公园也可以叫体育公园了。

从发展大道桥下穿过来就是“雄壮河湾”了，黄河在这一区域拐了一个弯，由东西走向转为南北走向，雄壮河湾的得名大概缘于此吧。拐弯处水面宽阔，形成一大一小两个岛屿，名母子岛，有九曲桥将岛与岸相连，很容易登岛做岛主。雄壮河湾南岸是这个水利风景区最精致的部分，2014 年获得中国风景园林学会优秀园林工程奖。这里原有大片湿地，改造后，掘泥成湖，湖泊与故道水系相通，又引来骆马湖水进行冲刷清洗，因此河清湖秀，水光潋滟，树影云霞倒映其中，珊珊可爱。湖河之间以形态各异的桥梁相连，既相互沟通，又不能直达，隔而不断，适合流连。挖出的泥土堆成数个山头高地，坡上披挂草坪，顶端或遍植各种花木，或延展紫藤长廊，或点缀六角小亭，园林味道十足。有了这几方高地，整个公园显得错落有致，避免了平铺直叙，行走起来起起伏伏，宛若人生。绿植分成若干小品，主题分明，不同季节会呈现各种风采。原有的成片大树也被保留了下来，与设计融为一体，在雕琢藻饰中又有几分天然。我家就住在公园旁边，常戏称雄壮河湾是自家的后花园，茶余饭后漫步其中，浸润肺腑，洗涤心灵，清爽至极。据说建园之前有开发商愿出资 10 亿元买这块地，政府不为所动，反而投入 3 个多亿，建成了美丽的雄壮河湾公园。这样的政府是人民的好政府。

徒步结束，赋诗一首，以记此行：难得丽日烘暖秋，户外驴友黄河行。坝堤老树迎徒步，阡陌绿野荡歌声。风动芦花两岸醉，水映残荷一川晴。沿河溯流寻起点，为应李白天上情。

第二阶段：市区黄河二号桥至洋河新区后堤村，约 25 公里。

开启第二阶段黄河故道徒步，秋意渐浓，冬天将至。不过“冬天”是常伴我们的，我们的户外领队网名就叫“冬天”。

这个阶段起步于繁华闹市。黄河随青年路南下，在项王桥和二号桥之间，形成宿迁市区最热闹的金鹰宝龙商圈。金鹰天地沿河而建，建筑与河道之间留有宽阔的空间，夜晚是广场舞大妈的天下。

宝龙商圈沿河叫宝龙 24 街，24 栋商业别墅临河而居，把目光移到对岸高楼上看过来，24 栋红灰相间的别墅摆放在黄河岸边，不失为别样景观。这个组团最惹眼的当数“听蝉居”客栈了。单是店名就充满诗意，让人不禁想起王维的诗句“倚杖柴门外，临风听暮蝉”。徒步队伍到这儿都慢下了脚步。高大的七叶树和粗壮的银杏树将听蝉居团团围住，虽然树木的叶子即将落尽，但屋角的线条从枝丫间漏出几笔，仍十分生动。流淌千年的古黄河打身边潺潺流过，凭栏听涛，驻足观澜，这里可以寄存时光，诗意栖居了。

穿过宝龙 24 街就走进了鸣凤溥公园，这个名字太文雅。据介绍，取意为凤凰衔来的一颗水珠，寓意吉祥如意。公园从北向南依次分布“浪漫花径”“水塬天地”“水湾栈道”“城市绿芯”四个功能区。“浪漫花径”在这个初冬季节已无法展示，只好等来年了。“水塬天地”因地制宜，因势造景，高低错落，不受季节影响。“水湾栈道”暗合黄河“九曲十八弯”的形态，木质栈道曲折绵延。“城市绿芯”功能区根据“海绵城市”的理念，蓄水浇灌，实现景观与生态的融合。

宿迁真舍得在公园上砸钱，刚从鸣凤溥公园抬脚出来，下一脚又踏进下相公园了。这个公园沿黄河故道与青年路一路南下，北起项王路，南至深圳路，全长 2.5 公里。公园的行道树全是小叶银杏，深秋初冬，叶黄如染，形如金发碧眼的洋妞站在路边。由于树栽不久，虽已枝繁但还未叶茂，相信假以时日，这儿一定会成长为惊艳全城的银杏大道。

进入洋河新区，黄河故道被打扮成浪漫的古黄河爱情主题公园。洋河是酒都，以蓝色经典洋河美酒闻名天下，可能爱情常与美酒相伴，酒也醉人，爱也醉人，相得益彰，如痴如醉吧。公园共分为四个功能区，由西向东依次为咏爱婚恋留念区、西式婚恋仪典区、中式婚恋文化区、浪漫婚恋爱渡区，把月老、红娘等古今中外著名的爱情传说、爱情故事以雕塑形式置于绿树红朵之中，营造浓浓的爱情氛围；也有婚礼教堂、三生酒店、香恋小栈等配套设施，可供恋人步入婚姻殿堂。

户外人不分男女，爱情就免了，美酒是必不可少的。中午时分，从后堤村拐上酒家路，在洋河酒厂边上寻一家饭馆，不醉不归。

第三阶段：洋河新区后堤村至泗阳临河镇杨工村，约35公里。

第三次徒步古黄河已是翌年春末。这一段，古黄河绕了一正一反两个“几”字。难道改道的黄河也有记忆吗？它能记着母河行走的状态？也来个大拐弯、“几”字形。本来地图上丈量没有这么远，几个弯绕下来，大大超出原定距离。加之天气阴沉，雾气弥漫，能见度不高，走起来兴味索然。

只在郑楼镇闸圩村有个兴奋点，这儿正在加紧建设玫瑰小镇。

玫瑰小镇沿黄河滩铺展开来，方圆数平方公里的土地上种的不是庄稼，全部是玫瑰花，一望无边的碧绿中星星点点地点缀着玫红色的花朵，微风吹过，送来淡淡的清香，渗透在潮湿的空气中，给单调的旅途增添一剂清醒剂。

玫瑰小镇不全是玫瑰，还有大片的月季，特别是引进的新品种欧月，架在高架上，搭成拱形长廊，一畦一畦并排向前方延伸。不同颜色的花朵，有的含苞欲放，有的笑口已开，虽还没有灿烂成花海，但已足够震撼。我们自然是停下脚步，拍照留念。

玫瑰花海中部的空地上，一些娱乐设施正在安装调试；几家农家乐也已准备停当，静等开业。玫瑰小镇建成开放后，一定会成为古黄河畔一道亮丽的风景。

第四阶段：泗阳临河镇杨工村至泗阳新袁镇交界村，约 38 公里。

乡村的黄河故道都是相似的，城区段各有各的不同。

古黄河流到泗阳县城南新城时，滋润出一片平原林海。泗阳是意杨之乡，两岸河滩密植杨树，绵延十数公里，高大的树冠、浓密的枝叶，覆路临河，蔽日遮天。阳光经过树叶过滤，柔和地落下来，大片的树影在铺满青草的底板上作画，斑驳的光线是闪亮的点缀，偶有白鹭惊艳飞过，疑似世外桃源。我们在凉爽的初夏行走这一河段绝对是明智的选择。穿行在这树荫的隧道里，享受着凉风吹拂的惬意，跋涉之苦顿消。

泗阳县早已把平原林海建成了自驾游基地，在这浓荫密布、水波微澜的古黄河岸边驱车疾驰，一定十分爽心。据介绍，平原林海已被评为全国农业旅游示范点、江苏省首批四星级乡村旅游点，入选全省乡村旅游 20 强。广告词就万般诱人："离开都市人海，走进平原林海。"

从平原林海继续向东行走五六公里，就到了黄河故道湿地公园——泗阳城南植物园了。这里是苏北地区植物种类最多的植物展园，共有 418 种植物品类，占地 380 亩。北依黄河故道，南靠水杉大道，草坪片片，方塘点点，绿云绕绕，香花绵绵，民俗雕塑，乡贤展馆，自然与人文相结合，构成了丰富多彩的泗阳植物园。目光向北越过京杭大运河，高楼林立的泗阳县城，生机盎然。

走出城区，褪去华服，黄河故道又朴素地在乡村田野里向前行进，跨过新袁镇交界村，走向淮安市淮阴区。

我们在落日余晖中踏上了归程。

湿地芦花

每当读到《诗经》中“蒹葭苍苍，白露为霜”的句子，我的眼前就会出现洪泽湖湿地一望无际的芦苇荡。有人说从空中俯瞰，洪泽湖就像一只展翅飞翔的大天鹅，我说那随风飘然的湿地芦花，就是天鹅身上洁白柔顺的羽毛。

位于洪泽湖西岸、宿迁泗洪县境内的洪泽湖湿地公园，是宿迁市域范围内目前唯一的5A级景区。我曾在早春二月去湿地赏梅，我曾在炎夏六月去湿地观荷，梅的清香、荷的脱俗给我留下了深刻的印象。但是深秋时节当我在湿地邂逅了芦花，我的心中只剩下那一眼望不到边的洁白了。

梅花是一棵一棵地点缀，荷花是一池一池地秀出，而芦花则是满湖地呈现。站在岸边放眼看去，那顶着羽毛的芦苇占据了整个湖面，只在必要的地方露出一湾水面，留给蓝天白云的倒影徜徉。乘上景区特地为芦苇打造的画舫穿行在芦苇荡中，更是让人心旌摇荡，仿佛融入这大湖白羽之中。九曲十八弯迷宫一般的芦苇荡，船随水波，心随帆樯，辨不清方向，驶不出河床，而天空是辽阔的，白云在那里飘荡，也像这水面的画舫，优哉游哉地晃呀晃。偶尔会有一两只白鹭掠过，诠释着泰戈尔的诗行。

芦苇是多年水生或湿生的高大禾草科植物，它不择土壤，专爱江河湖泽、沟塘湿地，无须扦插栽培、施肥剪枝，自自然然大大方方地生长着，季节一到，迅速萌芽舒身，蹿出水面，氤氲一大片翠绿，然后蕴蓄一春一夏的阳光，在秋天金色的季节顶一头洁白的芦花，迎风招展，将烟波浩渺的洪泽湖水面装饰成如梦如幻的童话世界。我实在热爱这朴素如渔家姑娘一般的湿地芦花呀！

在船游湿地芦苇迷宫的时候，我们不时会发现在长满芦苇的小渚上，有芦草混着泥巴搭建的哨所，岸边小船上着新四军军服的战士雕像荷枪实弹警戒着前方。绿色水廊怎么变成红色景点了？原来洪泽湖地区在抗日战争期间曾经是淮北抗日根据地和新四军四师师部所在地，师长彭雪枫和张爱萍带领战士把芦苇筑成绿色长城，抵御日寇的一次次进攻，直到取得抗战的最后胜利。

1941 年 3 月，张爱萍奉命率新四军战士开赴洪泽湖地区，发起了洪泽湖剿匪战斗。剿匪结束后，建立了中共洪泽湖工委和以临淮为中心的洪泽湖抗日民主政权——洪泽湖管理局，同时组建新四军洪泽湖总队。从此，这支新四军湖上人民武装以大湖为阵地、以芦苇荡为战壕、以独特的水上游击战术打击日、伪军，上演了一幕幕水上作战的大戏。他们用芦苇给船披上伪装，把芦苇作为掩体，人往芦苇丛里一钻，敌人的机枪就变瞎了。看似柔弱的芦苇成了抵御强敌的铜墙铁壁！他们还发明了“蟹壳灯”的打法，迷惑敌人，搞得敌人晕头转向。菊黄蟹肥时节，战士们将吃过的蟹壳收集起来，在月黑风高的夜晚，来到长满芦苇的河边湖畔，在一个个蟹壳里放上一小截蜡点燃的烛头，隔一会儿放入水中一个，蟹壳灯顺流而下，在水面上晃动，战士们再向据点一番扫射。敌人从碉堡里一看，以为满河是“船”，来了大部队，连忙爬起来开枪，一闹就是半夜，被搞得筋疲力尽、狼狈不堪。

鲁迅说，血沃中华肥劲草。洪泽湖的芦苇也是许多革命先烈用他们的血肉之躯培育出来的，那向湖水深处连绵延伸的绿色芦苇长廊分明有着红色的基因，那在梢头迎风飘扬的白羽分明是胜利的旗帜！

骆马湖之秋

骆马湖是江苏省第四大淡水湖，位于宿迁市湖滨新区和徐州新沂市交界，主体水域在宿迁一侧。

传说很久以前，骆马湖本是一片蛮荒之地。一天，天宫里的老龙马生下一子，初出神世的小龙驹兴奋得仰天嘶鸣，惊吓了正在做寿宴宾的王母娘娘。盛怒之下的西王母降旨二郎神，即刻斩杀小龙马。老龙马爱子心切，挺身而出，代子受过，被贬下界。只听一声轰鸣，老龙马流着眼泪凌空坠落，使不毛之地汪然成湖，后人称之为骆（落）马湖。

其实骆马湖并不是什么神马坠地而成，原是1128年黄河夺淮，大量泥沙堵塞沂水出路而积水成湖的。中华人民共和国成立前，沂水下游地区水灾频繁，贻害无穷。中华人民共和国成立初期为根治水患，国家将骆马湖作为临时滞洪水库，建皂河节制闸、嶂山闸，筑南大堤，1958年又将湖内5万多农民全部迁出，形成蓄水量大约8亿立方米的大型人工控制湖。那年秋天，多少母亲拉着儿女，父亲赶着牛羊，一步一回头，眼瞅着湖水吞没了家园。终归是故土难别，离情如割，数千名不忍离去的乡亲，在骆马湖畔安身创业，重建家园，使中国的版图上又多了一个骆马湖乡（后并入皂河镇）。

骆马湖人的牺牲和奉献，换来了淮海平原170万亩土地的旱涝保收和大运河的畅通无阻。从此每一个秋天都是那般充实，每一次收获都给水乡之秋增添沉甸甸的分量。

骆马湖拥有40万亩水面，资源极为丰富。湖中生长着芦蒲、菱角、莲藕、芡实、蒿草、苦草、聚草、眼子菜和轮叶黑藻等各种藻类浮游生物，湖底生长着大量底栖生物。丰富的水生动植物为鱼类提供了肥美的天然饵料，青虾、银鱼、河蟹、鲫鱼、鲤鱼、鳊鱼、赤眼鳟等50多种鱼类在湖中繁衍生息，其中银鱼、青虾、河蟹被称为“湖中三宝”。银鱼身躯细长，晶莹如玉，星眼如墨，形象极为优美，其味道更是鲜美肥嫩。相传银鱼是孙膑和庞涓的师父鬼谷子王禅老祖将炼好的仙丹倒入骆马湖所生，因此才如此神奇，那袅袅银条在碧水中戏耍，真有一派仙风道骨，令人顿生此物只应天上有之感。

与网塘养鱼不同，渔民们大多以船为家，但见一只只渔船上竖立着电视天线。登上船头，映入眼帘的是彩电、录音机、煤气灶，船舱里弥漫着一种令人陶醉的喜悦。这哪里是船，这是流动的家庭，渔民们下湖捕捞，侣水天而捕鱼虾，伴家人而观电视，用勤劳的双手创造美满幸福的生活，而绝无漂泊之感。

随行的同志提议到戴场去看一看。戴场坐落在骆马湖湖心的一个小岛上，不去戴场会给骆马湖之行留下永久遗憾。

汽艇载着我们向湖心飞驰，湖岸渐渐远去。我们现在不是站在岸上观湖，而是真真切切地投入大湖的怀抱了。走了40多分钟水路才到达戴场。只见碧波荡漾的湖面上漂浮着一片绿色的芳洲，青黄的芦苇似一道屏障保护着这个小岛。家家屋顶上缭绕着缕缕炊烟，散发着鱼香美味，随着秋风在红砖青瓦间飘荡，召唤着满载而归的猎猎渔帆。此情此景，让人觉得恍若走进陶潜的世外桃源。桃源周围停泊着大大小小的船只，风里来，浪里去，一根桨一把橹联系着外面的世界。

戴场村居住着120户人家500多口居民，他们春夏秋三季忙于捕捞和养殖。到了寒冷的冬天，就拖来整船食物，在岛上度过一冬清闲的日子。戴场人富裕不忘教育，渔民们出钱出力在岛上建起了一座漂亮的教学楼，校长杨绪光领着一帮泥娃娃，创下了升学率连续多年居全乡第一的成绩。先后有五名渔家儿女登上大学殿堂，有的还读了研究生。这是一份比丰收更珍贵、更厚重的秋之馈赠。

我们上岸的时候，夜幕已将湖面罩上一层朦胧，远处还有一两点渔火在晃动，似湖的眼睛，在夜幕下忽闪着。那微光映在水中，成为长长的一缕，随波摇荡。满天的星斗在不远处落进湖里，像水晶一样在湖底闪耀。湖边一排渔船躺在那里，似乎睡着了，偶尔一阵微风吹来，小船互相冲击，发出呼呼响动，像是浑厚的鼾声，又似甜美的梦呓。在这幽静的夜晚，我不禁怦然心动。骆马湖的秋韵寄寓着美的憧憬，骆马湖的秋色蕴蓄着新的冲动。哦，一年一度一个秋，骆马湖的每一片帆影、每一缕炊烟、每一声欢笑，都是一份无愧于秋的总结。

补记：为了修复和保护生态环境，自 2021 年始，骆马湖禁渔禁捕 10 年，本文所描述的情景已成为回忆。

六上戴场岛

周末户外自行车俱乐部组织骑行戴场岛，尽管来回 80 公里的路程，我还是毫不犹豫地报了名。

戴场岛是我熟悉的地方，它是骆马湖中的一个小岛，面积只有 100 多亩，说是住着五六百口人，其实现在没有这么多人了。由于四面环水、交通不便，不少年轻人都搬出去住了，留在岛上的基本是上了年纪的岛民，以打鱼和养殖为生。

在此之前我已去过 5 次。第一次是 1992 年，那时我写了一篇文章，叫《骆马湖之秋》，江苏电视台《乡间彩虹》节目依此拍了一个专题片，我和节目组的人一起去了戴场岛。依稀记得当时来的人有制片人李建勋、主持人贺笑等。

最难忘的一次是 2002 年 12 月下旬。《扬子晚报》“环省行”栏目记者陈太云去戴场小学采访，我作为教育系统工作人员陪同前往。时值深冬，船近戴场岛时，水面已结了厚厚的一层冰，小铁筏子在湖面上艰难地行驶。就在戴场岛清晰在望时，船老大打了退堂鼓，说他这辈子也没在这么厚的冰面上驶过船，万一螺旋桨被冰撞坏，后果不堪设想。这时太阳已经落山，夜幕渐渐把戴场岛隐藏起来。北风呼啸，寒气刺骨。手机没有信号，连求救都没有办法。往回走是黑夜、严寒、风浪和 40 里水路，几乎不可能。死神在一步步逼近。船老大说，只能这样试试了，他让我们 5 个人站在船尾，将船头翘起，船老大再把船头压下破冰，一寸一寸往前挪。这最后二三里冰路，我们走了两个多小时。这次经历被陈太云写成《四十里冰路采访记》，刊于2003年1月3日《扬子晚报》头版。

第二年春天，由扬子晚报社牵头、南京肯德基赞助，将戴场岛小学全部46名学生带到南京游玩，当时不少孩子是第一次离岛，到省会南京更是所有人的人生头一回。在南京拍的很多照片还放在我这儿，一直想着下次再上岛时带去，哪知这一晃十几年过去了，当时的孩子已经长大成人，不知道他们是否还住在岛上，不知道那次南京之行在他们记忆中还留下多少印痕。

这次戴场岛之行我的一个重要目的就是寻找那些孩子或他们的家长，将照片送给他们。

先去戴场小学，那一排房子已变成民居，小学已停办多年了；再去村部找村干部，可能由于是周末，村部里空无一人；敲了几家门也不见有人应答，大概都到湖里劳作去了。在窄窄的巷子里遇到一位白发苍苍的老太太，让她看看照片上有没有认识的孩子，她倒是能叫出不少名字，但是她说，他们都已搬出去了，不在岛上了。我不甘心把收藏了十几年的照片再带回去继续锁在抽屉里，就和同行的老包继续到湖边寻找。湖边的鱼塘里，一对夫妻正在打鱼。问他们是否记得十几年前带岛上孩子去南京的事，他们说当然记得，当时那是岛上的一件大事，他们家的两个孩子都去了。把照片递给他们时，夫妻俩看着年少的儿子在南京的留影，脸上绽开了花。

了却了一桩心愿，我的心情舒畅多了，迎着湖面吹来的四月的暖风，享受着暮春初夏的惬意。戴场岛跟十几年前比有了不少变化，添了很多新房，盖了游客服务中心，巷道整洁干净，环岛步道疏柳婆娑，清清骆马湖水上漂着世外桃源般的戴场岛，将喧嚣、浮躁，以及时光的印痕过滤得干干净净，只留下一片静谧。

秋染三台山

虽然三台山的春天有夺目摄魂的梨兰会，但我还是更喜欢秋染三台山的浓情热烈，就像洋河佳酿一般让人神爽心醉。

品鉴三台山之秋宜从公园东门进入，直截了当奔主题，走西门弯弯绕绕，虽有曲径通幽之感，但切入正题太慢，显得过于冗长。

东门一进去你就会被淹没在一片花海之中，随便向左向右，一方一方橙红、艳黄、银白、淡粉的色块，被石砌的衲田盛着，仿佛偌大的调色盘，秋风运笔来描画这五彩的金秋。情到浓处，甩一笔彩虹在花海中抖出去，便会绸缎一般兜着四溢的芳香。

被花海包围着的衲田村，石墙黛瓦下只能住着神仙和梦幻了，凡人是没有本钱住在这仙境之中的。村后的小河是善睐的明眸，浓密的淡紫色睫毛簇拥着，艳艳的、细细的、茸茸的，在微风中摇曳，如忽闪忽闪的眉目传情。这是传说中的粉黛乱子草，以前只在言情小说里见过，现在不知是从哪个缠绵的情节里逸出，在三台山的衲田花海里延绵，一改秋天的容貌。

看过去，再看过去，连绵的紫红、亮黄，像爱情一样平铺着，直铺到远处的隐约的树下。五彩秋色中，一簇一簇游人掩映在花丛中，就像采蜜的蜂儿酿造着欢愉！

没有山林野趣究竟是不行的，否则会有负三台山森林公园的盛名。穿过衲田，涉过镜湖，继续前行，远处丛林后面隐隐约约在树影中长出一个塔状建筑，矗立着，在夕阳下，剪影一般，给一色的自然增添了人文气息。

山林的树梢上秋在恣意着。火红，灿黄，浓烈，斑斓。这是彩色的秋，这是快意的秋。绝没有枯萎的感觉，是另一种花开的样子，比春天更厚重，比夏天更饱满。一棵树上红黄相间的叶间竟闪着点点的白，是花还是果？可能是乌桕吗？我在皖南的深山里见过的满树亮白的乌桕？秋天的乌桕是特别让人惊喜的植株，它给山野涂抹点点亮色，使秋天顿时充满生机。

而留恋绿的夏还藏在对岸，不肯离去。但是倒影中已漾着秋意。

那个塔近了，就在一汪池水、一片浓林的对面。

水岸看塔，它在天上有多高的身影，在水里就有多深的倒影。忽然想登上去，居高临下俯瞰，秋天会是什么样子？

登至塔顶，把自己升到一定高度，向下俯视，目光所及不是那个背倚层层深绿的亭子吗？从这个高度看下去，亭子分明已被泛黄的秋意包裹着，虽有水的缘故也还明丽，但多少有点萧瑟了。

一潭秋水的彼岸就是另一个世界，佛化身成塑像住在那里，此岸人叫它菩提寺。

还是忍不住对那个小亭子瞩目，一对恋人在亭下水边喁喁，有一份爱情停泊在那儿，亭子便显得格外隽永。

不过秋天的爱情还是没有秋天的林梢多彩。

层层叠叠，红橙黄绿，那油画般斑斓的色彩是哪一阵金风执笔点染的？如果不是登高远眺，怎能发现秋天的全部秘密都在林梢？我们走在地上，低头只看见落叶和枯草，脚印里便踩满伤感。其实绚烂和多彩已被高高擎起，没有高远的视野就无法看到！

还有那起伏的山峦。

还有那四方通达的大道。

世界上不是缺少美，而是缺少角度，缺少居高临下的怦然心跳。

那个塔叫天和塔，建在层峦叠翠的三台山森林公园，等你来登高远望璀璨的秋！

宿迁孔庙今昔

宿迁孔庙坐落在黄河南路 38 号钟吾初中院内，古建筑群只保留下来大成殿和东西厢房，是江苏省重点文物保护单位，市区现存的唯一一座明代建筑。它既是古代祭孔和求学的圣地，也是宿迁现代教育的发祥地，其文物价值和学术价值独一无二。

宿迁孔庙又名黉学、城南学宫，为庙学合一之场所。据《宿迁县志》记载，宿迁孔庙自元代开始兴建，始址于治所南 1 公里（今项王故里南），规模较小。明成化五年（1469）督学御史谢迁改建。明万历四年（1576），黄河水患，知县喻文伟率全城人民将县城北迁至马陵山麓，学宫亦随之迁于新治之左。明崇祯八年（1635）知县王芳年又将孔庙迁建于城南灵杰山（即今址）。当时孔庙规模较以前壮大不少，宫墙东西宽 23 丈，约 77 米，北起河清街，南至棂星门，南北长 56 丈 5 尺，约 188 米。

据清嘉庆二十三年（1818）统计，孔庙元以后迁徙者三，重修者十有四次。至道光二十五年（1845），知县易卓梅及邑人捐资大加修葺，植松 300 株，规模乃大备。

同治《宿迁县志》以图文形式记录了当时孔庙的形制。最南为照壁，石质，上书“宫墙数仞”4 个大字。“宫墙数仞”典出《论语·子张》，孔子之徒仰慕孔子的学问，曰：“夫子之墙数仞，不得其门而入。”后用此语意在勉励学习。次为泮池，乃一半圆形水池。其后是棂星门。天上的文星乃棂星，以棂星命名，意为孔子及其弟子都是天上文曲星下凡；棂星门为石质结构，三门四柱，每柱顶雕一只辟邪神兽，神兽伸颈，似仰天长啸，称之为“望天吼”。棂星门后是戟门。穿过戟门即是孔庙主体建筑正殿大成殿，“大成”表示孔子乃儒家思想之“集大成”者。大成殿为明代建筑风格，五间开间，进深三间，由 20 根朱红木柱支撑，砖木结构，展角飞檐，斗拱巨大。殿内供奉孔子、四配（即四圣：亚圣孟子，复圣颜渊，述圣孔伋，宗圣曾参）、十二哲（即闵损、冉雍、子贡、子路、卜商、有若、冉耕、宰予、冉求、言偃、子张、朱熹）塑像共 17 尊，后置木龛，龛内置“大成至圣文宣王”木牌位，龛前置祭案。房顶覆盖黄绿琉璃瓦，屋顶展角饰走兽 6 个。大成殿前有东、西两庑各四间，为卷棚悬山顶，左右对称，东庑为博文斋，西庑为约礼斋。殿后是明伦堂，堂后两层小楼，上为尊经阁，下为文昌殿。中轴之外尚有东西二院，院门相通，东院为忠义祠，向后顺次为更衣所、二门、教谕署、崇圣祠；西院为节孝祠，向后顺次为省牲所、二门、训导署、文帝后殿。规模如是，堪与曲阜孔庙媲美。

随着岁月摧残、战火洗礼，至 20 世纪二三十年代，宿迁孔庙已瘦身缩水，仅剩中轴线上的建筑，戟门已颓，苍松不再，墙圮瓦残。1929 年江苏省立宿迁中学由马陵山麓钟吾书院迁至城南学宫，改大成殿为图书馆，明伦堂为礼堂，尊经阁为学生宿舍，戟门处新建两层教学楼，旧式孔庙黉学彻底演化为新式学堂。

1933 年五周年校庆时，省府拨款在半月池内建起“五周年纪念亭”，一代名流易君左为亭题联：“半月池塘数株杨柳，五周纪念一片弦歌。”老庙又焕新姿。

其后，战火频仍，政权交替，岁月流逝，运动接踵，破“四旧”，搞“四清”，批林批孔，文斗武斗，打倒孔家店，“文化大革命”，至 20 世纪 80 年代，一座承载中华传统文化的泱泱孔庙只剩大成殿和东西厢房一隅。

1987 年，宿迁中学迎来建校 60 周年大庆。宿迁县委、县政府尊师重教，抢救传统，县委书记于登和亲自担任校庆筹备领导小组组长，拨款筹资60余万元重修孔庙大成殿，修复月牙池，复建假山、半月亭，泮池周围环以汉白玉石栏，残存的古建终于得以洗清污垢，挺直腰杆，以崭新面貌屹立在宿迁中学校园。2006年宿迁孔庙被确立为江苏省重点文物保护单位，戴上了它应有的光环。

2014年省里补助50万元经费，加之地方配套，共计投入200万元，由市文广新局主持再次对大成殿、东西庑殿的屋面、墙体、木构件及室内地面进行修缮整治，加固出新，2015年6月顺利通过省级验收。修缮一新的孔庙大成殿气势恢宏，在黄瓦绿树的掩映下，愈显古朴端庄，活力四射。

2015年9月，市政府决定再次改造提升钟吾初中、宿迁中学，迎接90周年校庆，遂把恢复宿迁孔庙规制作为改建的重要项目之一。经过数月的努力，棂星门、孔子行教像、孔子坐像、四配十二哲雕像，消失半个多世纪后重新回到孔庙的怀抱。重建时本着修旧如旧的原则，力图恢复历史风貌。孔子立像、坐像及四配十二哲都是根据北京孔庙、山东曲阜孔庙提供的造型进行设计雕刻，雕像和蔼中透着威严，庄重里呈现平和。同治《宿迁县志》上绘制的棂星门只是略图，缺少细节，学校多方查找史料但仍难闻其详。就在修复方案确定的前一天，一位老校友送来一张20世纪30年代校长章继南先生站在棂星门前的老照片，照片门柱上望天吼的形状、朝向毕现，为恢复棂星门原状提供了难得的佐证。同时特请宿迁著名书法家、曾任宿中化学老师的张守跃先生撰书对联一副：德配天地道贯古今，删述六经垂宪万世。

苍松掩映，古殿新姿。现任马陵中学副校长杨忠平先生特撰写碑记，立于棂星门前，以铭盛事。

建孔庙立孔子像以祀，古之定例。宿迁孔庙大成殿已历三百八十二载，然孔子像坍圮失缺亦有年矣，祭孔之仪典遂不复续存。于今，中华民族傲然崛起，文化振兴势不可挡。教育部特定“传统文化进课程”之大计，市委市政府力倡“立德树人”之风尚，并投巨资整体改建钟吾校园。政通人和之际，学校呼应时代潮流，立宣圣孔子雕像于大成殿前，塑孔子坐像及四配像于殿内，建棂星门于泮池之侧，以助推文化之传承，弘扬仁爱之大道。圣像立而孔庙之制备矣，斯为盛事。因记而歌之：宣圣孔子，穆然以立。绿竹青青，杨柳依依。古梅浮香，泮池涟漪。园丁学子，见贤思齐。明德明志，大成大器。郁郁乎文哉，彬彬者有礼！

作为钟吾初中改造工程的一部分，大成殿及其周边区域建设成古建园林区，恢复孔庙明清风格。其中，大成殿北侧重建明伦堂、尊经阁等仿古建筑，东西两侧也按照前述同治《宿迁县志》记载的规制重建。现在，一座完整的孔庙已重现在宿迁大地，我们可以无愧古圣，告慰先贤了。

据传，历代修葺孔庙时都会用一个木牌记录工程概况、作业时间、主持者等情况，工程完工后将木牌藏于大成殿大梁之上。不知 1987 年的修缮和今次修复是否遵古制，也将修复记录留下来传于后人。而那几块记录历史的木牌是否还在，我也不敢肯定。

五朵金花

宿豫区五台山路向东穿过张家港大道后，被冠之以幸福大道的美名，其实幸福大道不是路名，是雅号。这条路一边饰以碧绿河水，一边镶着红色步道，中间嵌着红黄蓝三色彩带，春风骀荡时节，树影摇曳，绿荫铺地，行走其间，确乎有一种幸福拂面之感。

幸福大道沿途花开满枝，其中最娇艳的几朵被唤作“五朵金花”。这是宿豫区着力打造的五个最美村庄，从西向东依次为“香溢王庄”“梨园人家”“水韵双河”“活力朱瓦”“田园河西”，五朵金花，朵朵香艳，不但让居住其间的村民倍感幸福，众多市民和游客也慕名前来观光休闲。

“香溢王庄”美在味觉，是舌尖上的村庄。旅游 6 字诀“吃住行游购娱”，首字就是吃嘛。村庄横陈在小河北岸，沿河一字排开，多是带庭院的二层小楼。房子倒不甚出彩，出彩的是几乎家家都开农家乐，行走在幸福大道上，对岸“宿迁八大碗”“梨园湾农家院”“熊猫小院”“梨花园”“老五菜馆”等招牌十分显眼，还计划建设占地面积 60 余亩的餐饮文化一条街，富集宿迁地方土菜，满足八方来客味蕾需求。

“忽如一夜春风来，千树万树梨花开。”岑参的诗句虽然是比喻胡天飞雪的，但化用来描写“梨园人家”的春色倒也十分贴切。梨园人家行政区划名称是林苗圃居委会，此地从 20 世纪初就开始栽植酥梨，五六十年代成为国有林果场，目前境内百年以上树龄的梨树尚有数百株，连片梨园更是超过千亩，百姓家前屋后、田园道旁沟沿都有梨树点缀。每当盛花季节，梨花香雪似海，梢头蜂蝶飞舞，树下游人如织；零星独自站立的梨树，如身披白色婚纱的新娘，等待着恋人来迎娶。这里的人家惜土如金，不会让梨树下的土地白白荒掉，而是套作油菜、萝卜等经济作物，黄色的油菜花、紫色的萝卜花，与白色的梨花上下呼应，形成立体画面，虽不及三台山梨兰会那般曼妙，也别有一番田园美趣。

梨园人家的房子不是集中居住后统一翻盖的同一款式，而是多年来的自主建房，有单层起脊，也有二层小楼，错落有致，显得更为疏朗；红砖红瓦，饰以后檐榆柳、堂前梨桃，是自然本真的最美乡村。获评省五星级乡村旅游区后，村里在空地闲宅上绣上亭廊花圃，锦上又添了花。村前半亩方塘，清澈如许，倒映着天光云影和花容树影，时有游鱼戏水，偶有飞禽点水。梨园人家已具备旅游景点气质，取名梨园湾，蜚声市内外。

第三朵金花是生态走廊“水韵双河”。这个村子很有江南水乡的味道，一条小河穿村而过，一座拱桥连接两岸，桥下就是一幅青砖灰瓦砌成的画，竹林做背景，砖砌的柱子顶着形状各异的坛子，柱与柱之间以瓦片为笔画成不同造型；地上铺着磨盘，墙根摆着石槽，古典韵味十足。粉墙黛瓦的合院民居沿河而建，院墙上留着小瓦卡成的鱼鳞墙，或是青砖砌成的十字窗，闭而不死，透而不露，装饰性极强。就差后院石阶通往河沿，否则会误以为到了西塘南浔。村口是红石榴广场，有廊有亭，有民俗雕塑，还有村史展厅。如果可以入籍双河村，我愿在这里临河滨水而居。

“活力朱瓦”是五朵金花中最东面的一朵，在幸福大道北侧、杉荷园对面，看得出来这是一个经过精心构思的新建村民集中居住地。村子路环水绕，整齐划一的白墙青瓦合院沿路或沿河摆放，虽齐整但绝不呆板；小河曲折往复，河上木桥石台，水草在清澈的水波里招摇，河岸有花树美石点缀，进村如进园林一般。村委会、卫生室、幼儿园和运动场地设置在村子中间，极大地方便了村民生活。这才是社会主义新农村应有的样子。朱瓦村还在幸福大道旁打造了一个“幸福驿站”，里面展销宿迁地方农副产品和特色小吃，时有非遗项目展示，带动了数百人实现家门口就业。朱瓦村获评江苏省最美乡村，实至名归。

不知多少次走过幸福大道，穿过最美村庄，就是没看到“田园河西”；直到最近一次专门导航前往，才发现小河西村这朵花离主干稍有点远。从“活力朱瓦”西侧新新庵线向南两公里，穿过一大片草莓园大棚，就到了小河西村。远远看去，一望无边的塑料大棚就像波光粼粼的水面，在冬日午后柔和的阳光下微荡涟漪。一例红砖红瓦的小河西村就在这波光之上，海市蜃楼一般漂浮着。我一眼就喜欢上了这个村庄，这红砖红瓦是我们苏北民居的特色，而小河西村的建筑又褪去了老式民居的土气，墙面用白灰勾缝，砖的线条纵横交错，煞是好看；檐口做了装饰处理；院墙和过道屋增添了造型；门前的菜园不用篱笆而用砖瓦砌成矮墙，品位一下子提升了。村子里还建有“淮北江南展陈馆”，展示宿豫区农村面貌日新月异的变化，增添了村庄的看头。

“田园河西”向东不远就是杉荷园核心区，水杉笔挺，风荷婀娜，最美村庄搭配杉荷美景，相映成画，赏心悦目。

蔡破圩

蔡破圩位于埠子镇东南方向大约 4 公里处。从镇区出发，沿一条乡村公路斜穿过 249 省道，就到了蔡破圩村村部，一幢二层小楼鹤立在路北，身后是一大片苏北农村特有的红墙红瓦民房，家家房前屋后都站着高大的白杨，门前空地上绿油油的麦苗和黄灿灿的油菜生机勃勃，一派普普通通的田园风光。

圩子何在？因何名“破”？

给我们引路的副镇长袁劲松联系了村干部。等候的当口我发现路南侧农田边竖着一块石碑，上书“忠信圩”3 个字。疑窦顿生，还有这个荣誉称号？

村副书记陈光平赶到后，二话没说就带我们去见老村支书唐继业老人。唐继业是革命烈士唐臣家之子，在蔡破圩做了 35 年村干部，1995 年退休，现年 76 岁。对蔡破圩的历史，唐书记如数家珍。

蔡破圩原来叫忠信圩，本是此地蔡姓地主家的大宅院，三院九井，规模宏大，整个圩子呈老鳖形状，寓意长寿。房屋宅基高出周围地面近两米；两丈多高的围墙宽过一米，上可行人；四角设炮楼，武装家丁竟日瞭望守卫；围墙外，护圩河缘墙四周，仅东西圩门两座吊桥与外界相通，非圩内人等根本无法进入。忠信圩坚固如城堡，易守难攻，也几乎从未被攻破过。1851 年太平天国农民起义爆发，不久起义军攻到宿迁。忠信圩内老少皆出圩逃难，唯圩主难舍家业，一人坚守，四个炮楼轮流放枪，义军逡巡不敢贸然行动。随后，一士兵爬上圩外高树观察，发现圩内仅一人负隅顽抗，方才强攻。水圩被破，圩主被杀，忠信圩遂被老百姓称作蔡破圩。

蔡破圩现在虽只是宿城区埠子镇的一个行政村，但在现代革命史上却留下了精彩的一笔。

中华人民共和国成立前，蔡破圩房产仍为蔡姓地主后裔拥有，当地人称当家的蔡四、蔡五。圩内就像一个小社会，不但生活设施齐全，还拥有槽坊、酒坊、油坊、米厂、面粉厂等生产设施。蔡氏兄弟开明正义，倾向共产党，其子蔡耀、蔡振国皆为地下党员。1948 年江淮区委决定利用蔡破圩房舍创办江淮公学分校、雪枫中学总校，蔡破圩为中国革命事业、为宿迁教育事业做出了很大的贡献。

1948 年 6 月，江淮区党委在泗南县宋庄创办江淮公学，江淮区委副书记李世农（中华人民共和国成立后曾任安徽省委书记）兼任校长。9 月，在泗宿县蔡破圩创办江淮公学分校，仍由李世农兼任校长。1948 年末，因时局发展需要，结束了江淮公学本部及分校的运行，位于蔡破圩的江淮公学分校改制为普通中学，以彭雪枫烈士的名字命名为雪枫中学，吴季讷任校长，吕达夫任副校长。接着在宿迁城区创办“雪枫中学宿迁分校”，校址在“淮北二中”旧址蔡氏祠堂。1949 年 6 月，撤销雪枫中学，学员除部分因战时需要抽出分配工作外，其余全部编入改组后的宿迁中学。

雪枫中学校长吴季讷原名吴志锐，是睢宁县人。早年在徐州中学读书，聆听青年运动的著名革命家萧楚女演讲“国将不国，何以家为？为拯救中国，必须推翻帝国主义和军阀的黑暗统治”，心甚向往之。后来在睢宁师范读书，是学生会领导人之一，于 1926 年加入中国共产党，1927 年任中共睢宁县委委员，负责农民运动，发动农民抗租。1929 年，抗租运动取得重大胜利，遂遭国民党反动派通缉，奉调到泗县任县委组织部部长，暂时隐蔽。不久组织发动泗县第一次农民暴动，使苏北农民运动蓬勃发展。1931 年调任肖县县委委员，在津浦铁路沿线从事工人运动。1938 年春，任睢宁县抗日动员委员会负责人兼第五战区游击司令部独立大队队长，领导独立大队千余人开展艰苦卓绝的反“扫荡”，在外无援兵、内无粮草的困境中，经过一年多的几十次血战，终因敌强我弱，不得不转入洪泽湖埋伏在芦苇荡里。面对日军的围追堵截，独立大队被迫整天泡在水里，吃芦根，吃水藻，甚至生吞鱼虾，身体被水泡肿，皮肤变黑，甚至糜烂，直到 1939 年 1 月才乘敌不备，突围上岸。1945 年冬，奉中共华东局委派，吴季讷到郑州国民党第 4 集团军联系工作，通过与该军副官长张清博的同乡关系在国统区长期隐蔽下来，以探听蒋介石的政治军事动向。有一次吴季讷被军统特务觉察、跟踪，于是乘火车逃走。在火车上，吴季讷又遭敌特严密搜查，他只好混在旅客中，下车后又被迫躲到车肚里，手抓车肚铁轴，脚蹬车肚横梁，背向铁轨，忍着剧痛坚持到了徐州，棉衣被磨破，脊背被磨烂，血水和汗水混流，布丝与肉丝相连，这需要多大的毅力、克服多大的痛苦才能顽强地坚持下来啊！1948 年冬，淮海战役胜利后，全国行将解放，急需人才，党为培养大批南下干部，淮海区委将原江淮公学分校改组为雪枫中学，调吴季讷任校长。1949 年 6 月，该校 1300 多名学生或结业分配工作，或合并到宿迁中学，吴季讷调任怀远中学校长。1952 年春又奉调任六安中学校长。1966 年“文化大革命”爆发，吴季讷受到造反派冲击，10 月自缢身亡，含冤辞世，终年 62 岁。

据唐继业老支书回忆，当时近千名学生在这里学习，学校实行半军事化管理，学生出操步伐矫健，口号洪亮，声音响彻周围村庄。学生三餐由学校出钱请当地群众轮流供给，唐继业老人经常和父母一起给学校送饭，对学校的情景至今记忆犹新。

中华人民共和国成立后蔡破圩归当地粮管所使用，16 座三间屋的大仓库，规模让各粮管所很难望其项背，宿迁县（今宿迁市）南部、泗洪县北部数个乡镇的粮食都送到这里，收购季节，这里车水马龙，人声鼎沸，热闹如集镇。

20 世纪 60 年代一位曾在这里读书的某部队团长还曾来此寻访故地，看到屋舍俨然，欣慰非常。可惜在“文革”后期，上百间青砖黛瓦、雕梁画栋的蔡家老宅全部被拆毁。

现在住在圩里的是几十户本村居民，房屋亦是一例的红砖红瓦，与圩外别无二致。只有护圩河清波依旧，庇佑着这里的村民；那纵横的巷道还残留着历史的痕迹，记录着岁月的沧桑。

2015 年 5 月，村里环境整治时在荒烟蔓草间发现了一口已消失 30 多年的古井，据老人回忆和文献记载，这口井开挖于太平天国攻破忠信圩之前，距今已有 160 多年的历史。现任村支书蔡敦军告诉我们，徐光良担任埠子镇党委书记时，准备重现蔡破圩历史风貌，他调走以后事情搁置，如今只有一张褪了色的效果图张贴在农户家的后墙上。

赶宿迁走窑湾

从小就听说过窑湾。那时家乡流传一句谚语，叫“赶宿迁走窑湾”，意思是无谓地绕道。听了这话就觉得窑湾远在天边，遥不可及。其实窑湾在历史上一直隶属于宿迁，距离宿迁市区不到 40 公里，这个路程之于现代交通工具，几乎可以忽略不计。但迢迢水路的阻隔，就使人觉得非常遥远了。

窑湾现归新沂管辖，位于新沂、湖滨新区、邳州三地交界。一个风和日丽、春光宜人的三月天，我们三个好汉、一帮美女，从市区出发，沿宿邳公路向西驱车 35 公里，来到位于黄墩北一个叫韩湾的渡口。一条被当地居民吹嘘成能并排停放 12 辆小轿车的渡船，将此岸和彼岸连接。仿佛穿过时间隧道，我们从现实走进了历史，走进了一个似乎尘封已久的遗迹——窑湾古镇。

窑湾三面环水，在大运河与骆马湖的环抱之中，仅有一条陆路与外界相通。它的兴盛与衰落、幸存与毁坏，以及保护与开发，似乎都与这特殊的地形相关联。

窑湾的兴起源于清朝康熙八年（1669）发生的 8.5 级郯城大地震。康熙十年大典期间大赦天下，前朝被押官员到地震灾区开荒生产，便可免于灭族之罪。于是全国 10 多个省的明代旧官员带领族人和乡亲来到地震灾区窑湾。这批前朝遗老遗少文化素质高，且有多年管理国家的经验，资金雄厚，他们精密规划，利用窑湾“S”形自然河岸筑 5 华里街道，按五行八卦九宫方位建十条街道和一条回族街，共 11 条街；修八省会馆，建筑工艺庄重、宏伟、豪华。经营汉地十八省的工商业，东西两处典当，不同风格的建筑布满大街小巷。建成后，窑湾一时繁华如市，闻名遐迩。

由于窑湾远离城市，偏居一隅，数百年来虽历经时局动荡、风云变幻，但并未遭到大规模的破坏，现在依旧保留了两条较完整的古街道，一条是中宁街，一条是西大街。中宁街一里多长，石板铺路，两边是店铺，前廊出厦，木板门面，弯弯曲曲纵贯古镇南北，可以想象这里曾是熙熙攘攘、人头攒动的闹市。店铺的后面大都是作坊，所谓前店后坊。西大街以居住为主，有富商人家的大院，也有小康之家的斗室。赵信隆信昌酱园至今还生产甜油和咸菜，上百个酱缸整齐地排在一起，上面覆盖着罩笠，看上去十分壮观。特别是东西当铺、吴家大院、徐家大院等建筑保存完好。这些古建筑既有北方建筑的稳实厚重，也有南方建筑的灵巧秀雅。难怪当地流传“南有周庄，北有窑湾”之说。

走在古镇老街，感受历史沧桑。如今窑湾虽已繁华不再，但那青砖黛瓦缝里、雕梁画栋之上、青石板路旁边，似乎藏着许多值得珍惜的东西。这些叫作文化的东西越来越被重视。眼下新沂市正在加紧开发窑湾古镇，多个古建筑队同时开展抢修；中央电视台每天都在播放新沂市“一山一湖一古镇”的广告。我们这次出游还邂逅了正在古镇幽街进行实操训练的导游解说员，7个美女，仿佛七仙女下凡，在千年古槐树下，在老街古宅屋内，绣口一吐，将重塑一个崭新的窑湾。

四河行

没去四河之前听都没听过四河，去了四河以后忘也忘不了四河。

四河是一个乡，位于泗洪县最南端，与安徽五河县毗邻。因被淮河、瑶河、潼河、怀洪新河环抱，故称四河。四面环水应是岛了，但河不比湖海，目光可轻易越过，对岸就是陆地，所以没有岛的感觉。居于淮河下游、洪泽湖畔，水汽氤氲，旷野葱绿，称水乡田园该是没错的。

宿迁乡情采风车从 235 国道驶过瑶河大桥就进入四河境内了。车在淮河大堤上慢行。大堤不宽，柏油路面，两旁绿杨高耸，树影婆娑，一边是流水汤汤，一边是阡陌平畴，夹着稻香的乡风从车窗里送来，已有些微秋意。

车在树荫浓郁的一段停了下来。一位乡干部（恕不知其名姓职位）侃侃介绍，四河乡的这段淮河大堤可不一般，单听名字就让人肃然起敬，它叫雪枫堤。1943 年 8 月，彭雪枫将军随新四军驻扎于此。8 月水大，洪峰决堤。彭雪枫带领官兵不顾安危，昼夜抢修，堵住洪水，并加固四河境内 20 华里河堤，使之安澜永固，海晏河清。1945 年 1 月，淮北行署为表彰彭将军丰功，将此堤命名为雪枫堤。沿此堤分布的 5 个村庄亦自然以雪枫一村、雪枫二村等呼之。雪枫堤成为比任何纪念碑更让人敬仰的丰碑！

沿着雪枫堤环绕，穿村过坎，小道逶迤，来到一处荒野中。先是纳闷，这里荒烟蔓草，土壤贫瘠，庄稼长势一点也不喜人，来这里看啥呢？领路的干部指着一段高出地面的土坎说，前面有一块石碑，咱们去看看。土坎上草深过膝，中间还种了花生、黄豆等作物，没有路眼儿，行走吃力。好不容易走到高坎尽头，在一片杂草野树丛中，扒出一块石碑，上书“浮山堰遗址”几个字。立碑虽不到20年，但浮山堰却有着久远的历史。

南北朝时期，南北纷争，北魏占领南朝梁国地盘寿阳（今安徽寿县）。梁武帝萧衍为夺回失地，于公元514年派康绚主持在浮山淮河上筑坝抬高水位，以倒灌寿阳城逼魏军退兵。工程动用20万军民，从淮河两岸同时施工，中间用钢铁、树笼、草垛、石块合龙。浮山堰耗时两年最终建成，在当时的技术条件下，能将汹涌淮河拦腰截断，也算是壮举了。蓄水不久，寿阳城即被水困，魏军被迫弃城上山。随之，上游几百里内一片汪洋，4个月后即溃坝决堤，洪水如猛兽倾泻，给下游人民带来巨灾。

梁国筑坝以损人始，以害己终。四川的都江堰以水利为目的，至今仍造福人民，万人景仰，成为世界文化遗产；浮山堰以军事为目的，损人害己，遭人唾骂，只剩一片废墟，让人唏嘘。

四河乡还有一所名震乡里的大柳巷学校。大柳巷之名源自淮河大堤，当年大堤上绿柳成荫，两旁虬枝相交，形如街巷，名曰大柳巷。抗战期间，新四军代军长陈毅到此春游，即兴赋诗《大柳巷春游》：“淮水中分柳巷洲，平沙绿野柳丝抽。春郊试马优游甚，难得浮生似白鸥。”可见当时美景醉人。

就在这绿柳扶疏的堤岸下，开明士绅宋夕寿先生于1915年出资创建了大柳巷学校。1940年以后，大柳巷学校成为新四军抗日干部子弟学校。陈毅、彭雪枫、邓子恢等先后在此讲过课，水利专家钱正英在这里教过书，从大柳巷学校走出去的学子更是令人瞩目：中华人民共和国成立初期国家建材工业部部长宋养初，国民党上将宋心濂，解放军总政治部宣传部原副部长宋养亮，中国社会科学院研究生院原副院长宋养琰，电视连续剧《戏说乾隆》的编剧宋项如，原中央新闻电影制片厂副总编辑王永宏，泗洪籍知名作家王益山、王益和等。从大柳巷学校走出去的四河人，成为中共党政军领导干部、高级知识分子、文化名人以及国民党在台湾的高层人士多达30余人，处级以上干部超过200人。一所乡村小学校，能取得如此骄人的成就实在令人敬佩！

时光荏苒，淮河大堤上的柳树因为影响交通视线已被砍伐殆尽，大柳巷不复存在了，但大柳巷学校还在，主校区已异地新建，老校址仍保留一栋房子两个班级以供老校友怀旧，校园内那合抱粗的雪松可作为百年校史的见证。

我所不了解的四河竟有这么深厚的历史积淀，而眼前我所看到的四河也是光彩照人。淮河南岸，一片人工湖水波荡漾，湖岸粉墙黛瓦的徽派建筑鳞次栉比，东岸一栋独立的乡贤馆展示着四河的辉煌过去和美好现在，小广场上一位年轻的妈妈带着蹒跚学步的孩子在玩耍。

这是一个美丽的乡村，告别时我们依依不舍。

宿迁的庙

我不信佛，但爱逛庙。

宿迁庙多，过去有“沭阳的财主宿迁的庙”之说。现在虽然少多了，但两只手也数不过来，像真如禅寺、极乐律院、龙王庙、大王庙、前大庵、菩提寺、来龙寺、正和寺，等等，我都曾多次造访。全国各地的寺庙差不多逛过一百来座。我逛庙，不为来世，只为远离人间烟火，感受寺院的清静祥和，还有浓郁的人文气息。

宿迁的不少庙宇极具人文价值。极乐律院大雄宝殿的“人字梁”建筑结构就颇为罕见，长柱上用人字钵梁，檩条放在钵梁上，为极乐律院木构作的典型特征，专家认为这种“人字梁”在全国除个别少数民族地区偶有，汉民族地区同时代建筑尚未发现，它对于研究古建筑构造发展史具有极高的参考价值。

皂河安澜龙王庙（乾隆行宫）山门两旁的两尊皇家石狮，也是个罕物。石狮的造型为前脚直立，后脚盘曲，呈昂首挺胸状，石狮造型生动，用料考究，省内独一无二，国内屈指可数。还有院内栽植的柏、柿、桐、椿、槐、杨六树，取意“百世同春”“百世怀杨”，用植物寓意江山一统、世代兴旺，构思出奇。

来龙寺的干木老和尚的传说在宿迁传遍乡里坊间，该高僧系明末清初来龙寺住持，法号燃灯，其道业高远，修行深厚，圆寂坐化后肉身不腐，在寺里置专殿供仰。他的一只耳朵在出家前曾被其嫂子扭过，因此全身炼就舍利后，唯独耳朵遭到虫蛀。来龙寺在“文革”时被毁，干木和尚这保存了数百年的肉身像也被造反派付之一炬。据传说，参与焚烧干木和尚的人后来都有不同程度的灾祸。传说未必是真，也许是某种巧合，得道高僧慈悲为怀，也不会显灵报复，但传说反映了民间因果报应，而那些丧失人伦者遭人神共愤，这是符合先进文化思想的。

说到寺庙与文化，得说说鲜为人知的正和寺。泗阳县三庄乡有个村子叫夫庙村，夫庙村有座庙叫正和寺，正和寺的大殿叫大成殿。原来正和寺不是佛家禅林，而是儒家寺庙，这个据说是全国唯一一座位于农村的夫子庙。当年孔子由山东到吴楚游学，曾经路过泗阳，在学城（今八集乡）讲学 8 个月。后桃园县（今泗阳县）筑文庙以纪念。明嘉靖年间，全国统一拆除文庙内孔子像改为木制牌位，三庄乡一老秀才朱勋惜之，与县令商议请夫子雕像回自家供奉。牛车行至颜家岗（今夫庙村），车轮制动不行，走不了了。颜家岗里有铃墩、乔墩、陈墩、五墩、大青墩、凤凰墩、黄泥墩，号称七星联珠，周围还有七七四十九个墩子，犹如众星拱月。大概是孔老夫子看中这块风水宝地了，于是朱老先生就在村里筑庙供奉，是为夫子庙，又名正和寺。有孔夫子的光环照着，这座小庙虽处乡村田畴，被庄稼地包围，但亦觉硕大无朋。

宿迁乃项王故里，怎么就没有一座项王庙呢？其实历史上是有的。据史料记载，宿迁的项王庙亦称西楚霸王庙，始建于唐代，唐代诗人释灵一在拜谒项王庙后曾留下一首诗：“缅想咸阳事可嗟，楚歌哀怨思无涯。八千子弟归何处？万里鸿沟属汉家。弓断阵前争日月，血流垓下定龙蛇。拔山力尽乌江水，今日悠悠空浪花。”北宋著名文学家苏轼在徐州任知府时其弟苏辙曾专程来宿迁，拜谒项王庙，写下《宿迁项羽庙》一诗。至明嘉靖年间重修项王庙，当时的知县李九功还亲自题撰《西楚霸王庙碑记》，据碑记记载，新建的西楚霸王庙有山门和正殿五间，殿中塑项羽像，“冕而衣裳如王者”。清康熙二年（1663），总漕蔡士英重修；乾隆四十四年（1779），宿迁知县姚一元又重修，易原来的西向为南向。1938

年，日军攻占宿城时项王庙遭到严重破坏。宿迁籍台胞刘义亭老先生在日军轰炸宿城后路过项王庙感慨赋诗，描述当时所见情景："项王庙靠黉学宫，香火无人道士穷。院内空悬牌四尺，潇潇夜雨哭英雄。"这个残庙就在宿迁中学老校区校园内，位置在大成殿西南方向，两进院落，前为山门，一进院为前殿，二进院为后殿，两殿均三大间，虽然破败不堪，但大体规制尚存。1952 年学校扩建时才彻底拆毁，于其址建了两排教室。

其实项王故里景区里的英风阁亦可视为项王庙，仿汉建筑的楼阙里，英姿飒爽的汉白玉项羽雕像，埋着项羽胞衣的梧桐树，历经 2000 多年风霜雷电仍生命力旺盛的项王手植槐，还有那乌骓石马，每一个物件上都附着项羽的英魂。项羽安息在自己的家乡，也供来者怀古幽思垂吊。

探访花厅村

持续的高温天气今天终于稍微退了一点烧，早上 7 点，我们几个文史爱好者相约去花厅村探访。

花厅村位于新沂市马陵山风景区西麓，沿宿新公路拐到山水大道行驶不远就到了。由于地处山区，道路稍有起伏，村庄排布在丘陵台地，不甚规整，被长势正好的玉米地包围着。

乍看这就是一个普通村庄，似乎没有什么风景，不值得冒着酷暑前来探访。其实不然，走到庄子西首，顺着一条老旧的水泥路向北拐进去二三百米，你就会发现这个村子的不同寻常了。一片荒草矮树中竖着一块石碑，上面赫然书写着“全国重点文物保护单位　花厅遗址　中华人民共和国国务院”几行文字。

原来花厅村有着悠久的历史，这儿在新石器时代就有人类生活。花厅遗址由墓葬分布区和遗址居住区两部分组成，20 世纪 50 年代和 80 年代经过 4 次考古发掘，出土了大量的文物，文物显示这里人类活动的遗迹，属于大汶口文化中晚期，其文化特征反映了北方大汶口文化与南方良渚文化的交汇融合，是黄淮地区重要的史前文化遗址。

站在遗址石碑前放眼四周，虽然茵茵芳草和绿油油的庄稼把纵横的沟壑和起伏的土层都掩盖起来了，但总能感觉到一股从远古扑来的浓浓的人文气息。时光可以把一切都掩埋，而历史总会顺着某种空隙探出头来，给后人以惊喜。

我们探访花厅村起初是冲着翰林墓去的。翰林墓乃徐用锡之墓。徐用锡者，宿迁文化名人也，清康熙四十八年（1709）进士，官至翰林院侍读，系乾隆皇帝的老师，文采卓著，有《圭美堂集》二十六卷收入《四库全书》传世。徐用锡是宿迁耿车人，在新盛街有别业，逝后葬在马陵山西麓。传说其墓三面环山，一面临水，墓东另有9座小山丘环绕，当地人称“九龙抱珠”。墓前曾有碑，镌刻“清侍读徐公用锡之墓”，“文革”时被毁。

寻找翰林墓颇费周折。询问花厅村的村民，有的不知道，有的只能说出大体位置。问到第四个看瓜的老乡，他指着一片玉米地说就在这块地里，具体在哪儿他也说不清。没有指示，没有墓碑，也没有通往墓地的道路，在茫茫一大片庄稼地里找寻，虽谈不上大海捞针，也颇为困难。

一条小路的尽头有一户孤零零的人家，也许他家能知道翰林墓的确切位置。走到门口，两条大狼狗凶恶的叫声吓住了我们的脚步。仔细一观察，那狗关在笼子里。小心翼翼地溜进去，说明来意，男主人从床上爬起来，穿着拖鞋，带我们指认了翰林墓。翰林墓就在眼前了，但有一片浓密的玉米地阻隔着，无法靠近。我们又迂回换个角度，终于踩着小树林里泥泞的荒地，走到了翰林墓前。

没来之前心想，翰林墓，即使没有长长的墓道，也该有高高的封土、威严的墓碑吧。实际上什么也没有，就是一个小土堆，上面长满荒草野树，周围是大片已经秀穗的玉米。如果不是当地村民指认，谁能想到这里长眠着文采斐然的一代帝师？翰林尚且如此，百年以后我们普通人，恐怕连一抔黄土也难寻觅。想到此，不禁黯然。

我们4人并排向翰林鞠躬致敬，他若泉下有知，也能感受到数百年后家乡人民的真情吧。

听说徐用锡在花厅村还有后人，我们很容易就打听到了他家住处。还没进家门，已经78岁高龄的老人就迎了出来，听说是宿迁来的人，老人很热情地把我们让进了空调房间。房间不大，3个孙子躺在地上看电视。寒暄了几句，老人说，带你们去老宅看看。老宅还在山水大道南侧，离新屋足有里把路远。老屋房子不高，全用石板垒成，很有山里人家的味道；院子不大，里面却养了鸡鸭鹅兔，很有农家气息。我们在外面拍照的当口，老人进屋捧出用一块花布层层包裹的达摩祖师瓷像。老人说，这是传家宝，乾隆皇帝赐给祖上翰林院侍读徐用锡的，一代一代传下来，南京、北京的博物馆都要高价收购，他尽管生活并不富裕，但对这件祖传的宝贝，始终舍不得出手，这是目前唯一能证明祖上血脉的物证。

老人身体硬朗，面容慈祥，虽然他这一代已是一介农夫，但眉宇间那份厚道和文气似乎还在。

宿城区耿车镇也有一个花厅村，相传是徐用锡的出生地，择日再去探访。

第二辑　风习

二月二龙抬头

早上听广播才知道今天二月二了。

农历二月二是个节日，这个节不像春节、元宵、中秋有个大号，而是直接连根带把就叫二月二。今天过节了，什么节？二月二！简单明白，直截了当。

二月二，龙抬头。传说慵懒贪睡的老龙，经过一冬的休眠，今天醒了，开始呼风、行云、唤雨，为老百姓的春耕带来风调雨顺。积攒一冬的能量，乍一出来动静很大，要滚雷阵阵打前阵渲染气氛，再辅以民间鞭炮声声，就把春天炸醒了。如果迫不及待提前打雷，那是不吉祥的，俗谚有“正月雷，遍地贼”之说，预示收成不好，治安也乱。现在气候变暖，正月打雷是常事，也未见得就遍地是贼。

龙抬头还有一层意思，就是今日过后方可剪头，特别是孩子。有钱无钱，剃头过年。年前剪头要熬过一个正月，不管头发长多长，正月里也不能剪。正月剪头会穷舅舅，你要剪了头去走娘娘（外婆），舅舅见了，非拿火叉打你屁股不可。老户人家或娇惯的孩子都会等到二月二才剪头，和龙王一起抬头，也是一件有面子的事。

传统节日总要通过一样吃的来体现。春节吃水饺，元宵吃汤圆，中秋吃月饼，二月二吃花子，大米花、大秫花、黄豆花都吃。以前都是在自家炒，洗净晒干的玉米、黄豆、大米放在砂锅里，注意，是砂锅，不是砂锅，锅底铺一层沙子炒不煳，盖上锅盖，火候到了噼噼啪啪炸个脆响。后来有了专业炸花子的，大人小孩拎着空提斗，捧着满满一瓷碗粮食，围着炸花老头，等待那“轰”的一声巨响后，香喷喷的花子从长长的大布袋里变魔术一般变了出来。有一条忌讳，家里有属大龙或小龙（蛇）的，要提前一天炸花子，不然龙抬头的日子会炸瞎龙眼的。

不过现在这样的场景已不多见了。虽然电影院的炸花机、自己家的微波炉也能炸出美味的花子，但是总觉得没有屋山头槐树下那一声巨响带来的幸福可口。

小时候过二月二还有一个习俗让我难忘，就是家家户户在自家院子里画粮食折子。没有过农村生活经历的人可能不知道什么叫粮食折子，就是用芦苇编织成的长长的圈条，像呈给皇上的长长的折子，打开来一圈一圈向上盘，就能储存一大堆粮食。二月二一大早父亲就用前天晚上烧锅的余烬草木灰，在院子里画上一个一个的大圈，表示粮食折子，带着全家人围绕每个“粮仓”转三圈，以祈求今年风调雨顺、粮食满仓。有一种说法，二月二是土地老爷的生日，这一天的种种仪式都是为了让他老人家高兴，好赐给耕种者一个好收成。所以我觉得，二月二就是咱中华民族的丰收节。

节日的高潮在晚上。在我的家乡二月二有放火把的习俗。华灯初上，夜幕降临，村里的小伙伴每人拿着家里用旧了的刷把，浇上洋油，带上洋火，飞奔到田埂上，一声号令，一齐点着火把，边跑边将火把绕成火圈，远远望去，一条跳荡的火龙在漆黑的田野上飘逸，兴奋的呐喊声借着火势在夜空中激荡，火光唤醒了沉睡一冬的草木，也点燃了整个村庄的热情。直到所有人的火把全部烧完，我们才顺着母亲的呼唤，回到各自的家中。

西南少数民族有火把节，其实二月二也是我们汉族的火把节啊，可惜这些习俗已随着岁月的流逝而渐渐消失。

又一个二月二来临了，我只能在回忆中重温那些动人的情景，我知道，那逝去的美好永远不可能再回到我们的生活中了。

宿迁有个老猫急子

只要是宿迁人，没有不知道老猫急子的。

小时候，我们调皮了、哭闹了、不听话了，家长就会严肃认真地说道：你再怎么怎么，老猫急子就来了！一听到老猫急子，我们立即乖了起来，不哭不闹不调皮了，乖乖地按照家长的要求行事，比长大后在学校里听到班主任来了还灵验。

等到自己有了孩子，我们理所当然地从父母那里继承了老猫急子，时不时也用来吓唬吓唬小孩儿。

到底还是现在的孩子胆大，敢于挑战权威，有一次孩子竟然问我老猫急子是什么东西。

我一下子被问住了。我还从来没认真思考过老猫急子是什么这个问题。小时候每当父母拿老猫急子来吓唬我的时候，我都大气不敢喘，以为老猫急子就是张着血盆大口的怪兽，一抿嘴就能把人吃了。也曾想过老猫急子是不是一只大野猫，但家里养着一只猫，很是温驯可人，即便是野猫，也不至于对手无寸铁的孩子下毒手吧？

老猫急子作为宿迁地区流传极广的民俗，历代典籍中也该能找到一点蛛丝马迹。但遗憾的是没有任何记载。可能这个既非婚丧嫁娶，也不属于节令风习，不好分类，就被忽略掉了。

但是，我想即使是飞龙舞凤这种传说的动物也有来历，并非凭空捏造，那么宿迁的老猫急子一定有其渊源，或源于人，或源于物，或源于事。

一次在教授《项羽本纪》时，脑洞大开，忽发奇想：老猫急子会不会是项羽的化身？“项籍者，下相人也，字羽。”有了一个关键字“籍”了。“项梁杀人，与籍避仇于吴中”，项羽小时候就随其叔父项梁远离家乡，避乱于苏州地区，长期生活在吴侬软语的语境中，估计已基本不会说宿迁话了。宿迁人习惯于将北方方言称为“侉”，南方方言称为“蛮”，江淮方言称为“猫”。项羽的“侉”与“蛮”中和，就有了“猫”味儿。项羽身长八尺，力能扛鼎，杀人如麻，诸将莫敢仰视，用来吓唬小孩肯定绰绰有余。

做如是解释获得了孩子的首肯，她还做了一段视频发到网上，虽时隔多年，现在还能搜到。

我不知道现在的年轻人还会不会拿老猫急子来吓唬他们的孩子了，但老猫急子作为宿迁民俗的一部分，一定会永远流传下去，即使进不了典籍史志，也会口口相传。

大运河庙会

庙会集吃、喝、玩、乐、购于一体，是中国特有的民间宗教及岁时风俗。2008 年 6 月，由北京市、山西省、上海市、山东省等地申报的庙会（妙峰山庙会、晋祠庙会、上海龙华庙会、东岳庙会等），被国务院批准列入第二批国家级非物质文化遗产名录。

宿迁是京杭大运河的一个重要节点城市，宿迁城区以大运河文化为特色的皂河庙会、元宵庙会等重要庙会，历来为地方和周边百姓所欢迎。中共中央、国务院颁布的《大运河文化保护传承利用规划纲要》指出：大运河流淌伴生的文化以与大运河相关的“人”为基础，其载体是大运河沿线的手工技艺、工程技术、戏曲文艺、生活习俗、传统节日、餐饮习惯、礼仪规制等，是时至今日仍在影响着沿线居民日常生活的文化力量。宿迁庙会是宿迁地区大运河流淌伴生的文化之一。但宿迁庙会地点不固定，文化内涵不丰富，有会无庙，商贸有余，民俗不足。而宿迁市区坐拥世界文化遗产京杭大运河，完全可以将庙会与大运河捆绑，打造成具有宿迁特色的大运河庙会。

京杭大运河全长约 1797 公里，流经两市四省，沿线 20 多座城市，即北京的通州，天津的武清，河北的廊坊、沧州、衡水、邢台，山东的德州、临清、聊城、济宁、滕州、微山，江苏的徐州、宿迁、淮安、扬州、镇江、常州、无锡、苏州，浙江的嘉兴、湖州和杭州。这 20 多座沿线城市每个市都有庙会，举办时间以阴历年前后为主，上半年居多，也有在菩萨等神祇诞辰日进行的，宗教色彩浓厚。虽举办时间不一，但功能大致相同，集民俗、节庆、文化和商贸于一体。有的是历史延续，有的是新近打造，都便利了交流、繁荣了经济、促进了文化发展。

大运河起点和终点两座城市的庙会最具运河特色。北京市通州区直接冠以运河文化民俗庙会，彰显运河文化，特色食品、各种百货、大型游艺、天桥艺术、非遗展演、文艺表演、节庆用品展卖以及其他丰富多彩的主题活动等，富有文化底蕴。时间是大年三十至正月初六，持续一周。杭州以中国大运河庙会命名，从10月1日始持续2个月，在京杭大运河杭州景区各街区内进行，规模宏大，热闹非凡，有外国艺术团交流巡演、中国大运河婚典、家居艺术展、运河文化使者招募、运河美食大评选、大运河庙会音乐节、“运河杯”篮球邀请赛、超模大赛、“双十一”狂欢购集市、交响音乐会等，吃喝玩乐应有尽有！这个庙会专为世界文化遗产京杭大运河打造，运河文化特色鲜明。

运河沿线影响力最大、历史最悠久的庙会估计非泰安东岳庙会莫属。东岳庙会起源于泰山崇拜，是一种古老的传统民俗及民间宗教文化活动。时间定在东岳大帝和碧霞元君出生日农历三月二十八和四月二十八之间。由于泰山及其山神东岳大帝和碧霞元君知名度极高，所以泰山东岳庙会影响甚广，每年参与人数都在百万以上，不只限于泰安地区，周边甚至全国各地群众都纷纷赶来，登泰山，逛庙会，赏民俗，购物资。泰山东岳庙会已被列入中国非物质文化遗产名录。无锡惠山古镇也会在同样时间举行东岳庙会，可见泰山文化的影响力之大。

苏州的虎丘庙会和杭州一样，也安排在金秋进行，一般是9月上旬至10月下旬。为传承“山塘出会，虎丘看会”传统习俗，每天都有出会表演。福、禄、寿三星仪仗队伍从西溪环翠出发，途经上山路，到达千人石区域，舞龙、舞狮表演相伴。然后演出“鼓舞飞扬”“吴门诗韵”“春秋争霸”“锦绣江南”“庙会拾趣”五个主题节目，使游客在现实与虚幻、古典与现代之间穿梭，感受吴文化的独特魅力。当然少不了苏州当地的饮食文化展示，没有吃的就不是中国的节庆了。

各地都会借助庙会来传播地方特色文化。烟花三月下扬州，隋炀帝三月游扬州，因此扬州庙会定在农历三月初三进行。德州庙会全称叫德州董子文化街庙会，时间是正月初八至正月十六，主要活动地点在董子文化街。董子文化街位于市中心董子园风景区内，是一条历史建筑风貌的街区，为纪念提出“罢黜百家，独尊儒术”的汉代经学大师董仲舒而建。庙会期间，董子文化街张灯结彩，灯笼高挂，气氛喜庆。除了街区秧歌、高跷、跑驴、旱船、舞狮子等表演外，政府还组织院团及民间团体在大剧院、中心广场举办文艺展演，盛况空前。

宿迁的知名庙会有两个，一是正月初九的皂河庙会，一是正月十五的宿城元宵庙会。其中皂河庙会无论是历史、影响，还是规模，都比宿城庙会要大，这里就不多说了，主要谈谈对宿城元宵庙会的一点感受。建市以前元宵庙会主要在老城区幸福路和黄运路举行，后来从交通和安全方面考虑将地点移到宿城新区，其后又易址黄河以北滨河路。宿迁的庙会主要存在三个问题，一是虽叫庙会，但没有庙；二是地点不固定，形成不了传承和积淀；三是仅仅是物资交流会，文化气息淡了点。

应把元宵庙会作为大运河文化带建设的重要内容来规划定位打造。宿迁是运河沿线的重要城市，特别是运河从市区穿城而过，这使宿迁具有得天独厚的人文条件。但是毋庸讳言，我们的运河沿线还比较粗糙，可观赏的东西不多，群众参与度不高。运河风光带刚建的那几年去的人还比较多，自从黄河风光带建好后，运河风光带很明显受到冷落。如果能有一个群众参与度极高的庙会与大运河文化带建设结合起来，对提高宿迁运河的知名度和美誉度一定大有裨益。

元宵庙会地点应固定在运河沿线。从宿迁花鸟市场起沿运河南路、运河路，到极乐律院（极乐庵）全长 4 公里多，还有与之平行的运河堤路，然后拐到马陵路上，止于极乐庵、马陵公园，这一区域最适宜搞庙会。这几条路不是交通要道，封闭 3 天对出行影响不大；经过 3 座运河大桥，桥下空间较大，适宜安排一些大型娱乐项目。这一区域足够容纳每天 10 万人以上参加庙会。

庙会要有庙。历史上的庙会都与进香、祈福、祭祀相结合，既能购物，也可游园，又兼有宗教活动，这样庙会内容才丰富，才能满足广大市民年节的多样需求。宿城正月十五元宵庙会固定到运河沿线进行，就连接了宿迁城区的大部分庙宇。从南到北有真如禅寺、项王故里（项王庙）、东关口、杨泗洪墓、大王庙，运河路拐到马陵路上，经过新胜街的火神庙、显佑伯行宫，止于极乐律院。这样一来，宿迁的名胜古迹、传统文化都被串联起来展示在世人面前。

要引导、鼓励民俗表演进入庙会。宿迁有着丰富多彩的民间艺术，有的已申报为非物质文化遗产，比如跑旱船、舞狮子、踩高跷、淮海戏、柳琴戏、苏北大鼓琴书等，这些都要在庙会上展示。条件成熟时可以在东关口运河河面上再现打蛮船的场景。庙会只限于物资交流层次就有点低了，它要成为一种文化活动，满足广大人民群众日益增长的物质和文化需求。

可延续宿迁传统民俗项目“走北边”。宿迁自古就有正月十六“走北边”的习俗，这个习俗源自黄河发大水、宿城连夜北迁的传说。正月十六家家户户大人小孩，从各自居住的街巷向北行走至马陵山顶的真武庙，向真武大帝敬香祈福。这个习俗虽然已经式微，但没完全断，现在还有一些上了年纪的人坚持“走北边”。政府可以结合庙会，倡导、引导、带头“行大运，走北边”，通过几年努力，让宿迁“行大运，走北边”的新民俗蔚然成风。

倘能做如上改造，宿迁元宵庙会定能呈现新气象，展示新风采！

湖山传说

名山秀水如果没有传说，就像人没有灵魂一样木讷呆板，生动的传说故事就是一道光环，为风景名胜增色添彩。

宿迁的旅游度假胜地骆马湖、三台山就是两个有故事的地方，那些动人的传说洒落在湖畔山坡，熠熠生辉。

关于骆马湖的来历，有一个美丽的传说，至今仍广为传颂。其水面约40万亩，湖中生活着众多的水生动植物。在水生动物中，青蛙是极为普通的一种，但因其专吃害虫，常为人类所称道。辛弃疾词云："稻花香里说丰年，听取蛙声一片。"毛泽东曾作《咏蛙》诗："春来我不先开口，哪个虫儿敢作声。"青蛙是以擅唱著称的，但骆马湖的青蛙却例外。宿迁有句歇后语：骆马湖的蛙子——干鼓。意思是骆马湖的青蛙只鼓动腮帮却发不出声音。为啥骆马湖的青蛙没有声带呢？相传明太祖朱元璋潦倒时曾在侍邱（今侍岭）洪武墩其舅舅家放牛，一次把牛放到骆马湖边，午困难耐，就躺在湖岸草地上小寐。一个劲说着丰年的蛙鸣却吵得他睡不着。朱元璋大喝一声："不要叫了！"真命天子，金口玉言，从此骆马湖的青蛙再也不叫了。

骆马湖畔还有一则与皇帝有关的传说。乾隆皇帝下江南时驻跸皂河行宫，夜晚到骆马湖边大运河畔散步，有蚊虫不识抬举叮咬皇上。皇上金口一开，那一段岸边竟从此蚊虫绝迹。据说骆马湖南岸从御马头到小庙之间夏天确实没有一个蚊子。

与骆马湖毗邻的三台山森林公园里也"生长"着"茂盛"的传说。

三台山是马陵山的余脉，虽无高峻的气势，却有山的灵魂，其群峰起伏，沟壑纵横，可登高望远，亦可临涧览胜。山头涧沟里再“长出”许多动人的传说，那风景就更使人陶醉了。

三台山是相邻的三座山的总称，最高的一峰海拔 73 米，是宿迁的制高点。这三峰原是一体，相传八仙之一张果老的神驴调皮狂奔，张果老追至此处方才捉到，累得气喘吁吁的张仙人往山头一坐，一峰遂成三峰。宿迁已故著名书法家窦一山有诗云：“马陵北望有三台，雨后浮云四面开；斜日一轮无限好，半山晴翠送将来。”三台山前有一深潭名烟窝潭，是张果老坐在山头磕烟窝所成，潭看起来不起眼，却四季水波有声，1990 年有人试图探秘，用抽水机抽了三天三夜，也不见潭水耗掉一点点。

三台山下有一洞，叫八仙洞。相传张果老发现人间有此胜境，便常带另外七仙到此小憩，八仙洞就是他们休息的地方。洞深有数十米，夏天外面酷暑难当，里面却凉风习习，如空调房间。

公园内还有一山名锅框山，山峰四周高、中间洼，形似锅框，因而得名。相传这是唐朝名将薛仁贵东征高丽国时留下的遗迹，东征人马在此扎寨，山头支起一口大锅，直径达 20 米，可供数百上千人同时开饭。这是我所听说的度假区少有的与帝与仙有关的传说。

骆马湖、三台山是省级旅游度假区，美丽的风景吸引着八方宾客前来览胜。这些传说一如佳肴的佐料，定会给景区增添迷人的美味。

认干娘

老宿迁有认干亲的习俗，而我们村却时兴认石狮子做干爷。

在村子中央一条水渠旁，矗立着一尊一人多高的石狮子，周围散落着残砖碎瓦，连村里最老的老人也不知道这石狮子的来历。我估摸着这里以前可能是一个祠堂，后被岁月掩埋。

我们村虽然学名叫信昌村，但周边十里八乡都呼之邹大庄，以邹姓为主。相传邹姓始祖邹聚公自元末明初从常州迁居于此，至今已繁衍 26 世。我们王姓属小姓，属后来者，但也有 200 余年历史。历史这么悠久的村庄，现在虽然沦落为普普通通的苏北农村，但历史上有个祠堂还是能说得过去的。这只是我成年以后的猜测。

认石狮子做干爷的都是家里的宝贝。这些孩子要么姗姗来迟，要么体弱多病，要么上面几个姐姐，好容易得一个儿子。扶养到刚能挪步时，由大（爸）妈领着，带上条酥、筋果、三刀等点心，到石狮子跟前磕三个头，叫一声俺大（dà），临走时再往石狮子嘴里塞一两块钱，这个干亲就认定了。以后逢年过节还要登门孝敬，跟走亲戚一样。石狮子命硬，孩子跟了自然也会坚强起来。

我小时候也属于娇宝贝系列。父母结婚 10 年方才生的我，够姗姗来迟的了，来得晚不说，还是个病歪子，落地时才三斤二两，就巴掌大一点儿，放鞋壳里都能盛下，成天成夜哭哭唧唧的，半夜父母轮流起来抱在怀里创（方言，慢慢走的意思），才能安稳一会儿，太劳神了。

好歹也是一条生命，父母视若掌上明珠，含在嘴里怕化了，放在地上怕涝了，搁高怕赖雕（大雁）叼，搁矮怕猫会逮，搁床沿儿怕掉尿罐儿，真是不知道该怎么疼才好。

夜里老是哭也不是法子，嗓子都哭哑了。邻居说，这孩子恐怕有什么附体，你得去张桃园找道妈妈来瞧瞧。

听此一说，父亲第二天就赶往张桃园请来远近闻名的道婆。好酒好菜招待过后，道妈妈开始发功，一块红绸子布向空中一舞，人在院子里跳起了大神，嘴里念念有词：

日落西山黑了天，家家户户上门闩，喜鹊老鸹奔大树，麻雀鹁鸽奔房檐，十家上了九家锁，只有一家门没关，扬鞭打鼓请神仙。急急如律令……

又是一阵叽叽咕咕嘟嘟哝哝，也不知道说的啥。临了，提笔写了一张红纸条：天黄地绿，小儿夜哭，君子一念，睡到日出。郑重交代，夜半子时贴到门口大树上，三天内保管孩子不哭。

我得的邪魔可能比较重，这个符硬是没镇住。母亲跟父亲一起琢磨，说这孩子先天不足，可能得了一种什么病，不能这样拖，万一拖出个三长两短那还叫人怎么过呀，得去大医院看看。

我出生时农村还没有赤脚医生，乡里只有卫生所，去大医院就只能去县城了。20世纪60年代不通公交车，没有自行车，父母轮流抱着我步行50多里地，来到县医院，挂号、看病、打针、吃药，临走时医生还给开点药水带着，说回家继续打。有一种管镇静的药，医生一再强调，孩子小，一次只能打四分之一，打多了有生命危险。

回到家里，父母犯难了，上哪去找打针的医生啊？又不能割个口子朝里倒。愁了一夜，第二天急中生智，去找村里的兽医来给打一针。父母把医生的话再三再四重复几遍，生怕有什么闪失。那兽医到底人性不足，心想四分之一太少了，就给我打了半支。那一夜我倒是睡得踏实，一觉睡到天亮，日上三竿还没醒。这下父母又急了，把我抱到屋外，怎么逗弄也不醒。母亲抱着我，眼泪唰唰唰直往下掉，滴滴答答滴在我脸上，我浑然不觉，仿佛要把前一阵子哭闹损失的觉全部给补回来似的。

我这一睡，三天三夜没睁眼，我的母亲三天三夜没合眼。第四天一早，我终于睁开眼睛，眨了眨，看了一眼母亲，没哭没闹，还对着她笑笑。看到我这样，母亲还没来得及喜悦又陷入悲戚之中，对着父亲喊道：他爸，你快来看看，这孩子是不是傻了？

后来的事实证明我没傻，歪歪倒倒一气活到现在。这不，还人排势伍（方言，装模作样的意思）写起文章来了。

但终归不大健康，不是头疼就是脑热，不是便秘就是拉稀，太不好养活了。母亲说我是她前世的债，到来之前苦熬了10年，来到之后恐怕要折腾一辈子。佛家说，夫妻是缘，有善缘有恶缘；儿女是债，有还债有讨债，方言有骂人讨债鬼的。我可能就是来讨债的。父亲说，俺也带孩子去认石狮子做干爷吧。母亲说，不去，那石狮子那么多干儿子，哪里照顾得过来啊？还是母亲想得周到。

既然已经提到认干亲了，父母一定朝（zhāo）天（每天的意思）琢磨这事儿。但他们没有讨论，也没跟我商量，我不知道父母是怎么打算的。就这样，我猫一阵子狗一阵子长到了两岁多。其间父母所受的辛苦可想而知，他们既要下湖干活挣工分，又要不分黑白地照顾我这个不争气的病孩子。很多事情我都记不住，长大后父母也没跟我提起，但我知道，他们对我爱得越深，流的泪就越多。

在我两岁出头的一个初夏的早晨，母亲蹲在鏊旁烙煎饼，刚从鏊子上揭下来的煎饼不安分地躺在锅箔子上，热气伴着香气向上缭绕，然后飘荡在院子上空，遇到从家前屋后围拢过来的槐花香、榆钱儿香和桑葚的甜味儿，把这个夏日的清晨渲染得香甜可口。一切预示着这一天可能有什么大事儿要发生。

母亲煎饼还没烙完，从大门外进来两个人，像是娘儿俩。女的上身着丝光蓝盘扣大襟褂子，虽打了几个补丁，但看起来还平整干净；下身穿雪青色小脚裤；裹脚，走起路来颤颤巍巍。身后跟着一个七八岁的小男孩儿，身上背着碎布头拼的书包。

俺家大花狗卧在东屋门旁的阴凉地，竟然破天荒没有叫。

来人瞥了花狗一眼，慢慢挪到母亲的鏊子旁。孩子怯怯地跟在他妈妈的身后。

那人开口说话了：大妹子，我这孩子刚放学，家里连一粒米也没有，我从茶棚跑到这也没借到一口饭，你那煎饼给俺半张，让他垫垫肚子再去上学。现在谁家都不易，我也是实在没有办法了。

母亲说，都半大小伙子了，半张哪够的，麻烦你去门外掐一把榆树叶子来，给他熥一张煎饼，吃起来也有盐有味儿的。别看我母亲平时说话粗声大气的，其实很善良，心细。

那孩子揹（握）着煎饼，上学去了。他妈妈也要走，母亲说，看样子你也没吃，你先坐会儿，我一会儿就烙完了，留一勺糊子和点儿稀饭，你搁这一块堆（一起）吃。

那人说，那怎好法子，多不好意思了。

母亲说，别作假，一顿饭还是能留起的。

母亲又问，你是哪庄子的？家里怎连一口饭都没有了的？

那人略显羞赧，低下了头，又摇摇头，叹了一口气，说，我住东南拐子小张庄，从城里下放来的，不会干农活，挣不到工分，分的粮食少，孩子他爸又卧病在床，实在没有办法，才厚着脸皮出来找口吃的。遇到你这个好人了，谢谢你，俺妹！

母亲说，谢什么，谁家没有个小沟小坎的。你尊姓啊？

那人说，我姓刘，婆家姓刘，娘家姓仇。

听说姓刘，母亲眼里放光，停下了手里的活，认真地看了那人一眼，仿佛要验证一下她是不是真的姓刘。

她们做这番对话时，我在家院子一个柳条编的大筐里玩耍，一会儿躺着，一会儿坐着，一会儿站着，一会儿摇着花棒，一会儿吮着手指，没哭也没闹。父亲在我旁边做着柳编，一个篾篮子已经有了雏形，纵横交织的细柳条在父亲手上跳荡缠绕，慢慢向上延伸着篮壁。

煎饼烙完，母亲熄了鏊底的火，洗了煎饼批子，用油絮把鏊子擦干净后，走到父亲跟前嘀咕了几句，回过头来对小脚女说，大姐你坐下歇会儿，我烧点稀饭，再掐点番瓜头子炒炒，将就吃一顿，家里也没有什么菜，就点儿盐味儿吧。

那人受宠若惊。说不好听的话，她就是个要饭的，母亲却待她如亲戚。

吃饭的时候母亲说，俺想让孩子认你做干娘，可管？

那人诧异得一口饭差点噎住了，说，大妹子，你不高抬俺了吗？人家都攀高枝，哪有认穷亲戚的？

母亲说，什么穷的富的，日子还不是人过的吗？俺就看中你姓刘了。你看俺这孩子，病恹恹的，从一生下来就调皮，倒劳多少神。快过来，喊干娘。

在乡俗的概念里，“刘”和“留”谐音，认了姓刘的做干亲就图个吉利，寄予着孩子能留住的厚望。

干娘大概好久没吃过饱饭了，这一顿吃了两张煎饼，喝了三碗稀饭。临走时对我母亲千恩万谢，抱着我亲了又亲。

从此我除了有个亲娘，还有一个干娘。

干娘十天半个月吴圩逢集就会来俺家一次，每次都不空手来，也不空手走。来的时候不是拎点儿瓜桃梨枣，就是拿点儿羊角蜜、水果糖，反正都是哄小孩儿的。有好吃的我嘴也甜，离多远就干娘长干娘短地叫。

母亲知道她来一定又是家里揭不开锅了，不是给她半斗米，就是给两升大秫秫（黏高粱）。那时候俺家条件还可以，父母都是生产队劳动能手，挣工分多，粮食还有结余。

干娘知道认这干亲都是俺家倒贴她的，有点过意不去，每次都说，算是我借的，等以后日子好了一定加倍还你。

母亲就说，说这话不见外了吗，一家人不说两家话，俺从一开始就不是图你什么的，要图就图孩子能平平安安，健健康康。

你别说，自从认了干娘以后，我的小身板儿倒是一天好似一天，干娘给我带来了福气。

婚礼变奏曲

去年我侄子结婚，媳妇儿是湖北恩施的，人在深圳上班。婚礼得在老家办呀，我弟弟就一个儿子，怎么也得热闹热闹。最后就把位于宿迁市区的听蝉居客栈作为临时娘家，新娘子一家提前入住，迎亲婚车到酒店把人接走。这倒也顺理成章，丝毫没觉得别扭。

现在异地婚恋越来越多，看来只有移风易俗，创新思路，尊重传统而又不囿于传统，才能办出令人满意的婚礼。

婚姻是大事，中国人特别注重婚礼。

第一次给我留下印象的婚礼是堂兄的。具体日子记不住了，大概是20世纪70年代后期，我读初中。一天母亲说，明天你堂兄结婚，你还去上学吗？我乐得翘一天课，就提前跟老师告了假。头一天七大姑八大姨就开始忙活了，找全母人（有儿有女的妇女）来套被，垫床腿的砖用红纸包上，床上撒上红枣、花生、桂圆、莲子，寓意早生贵子，用彩纸糊了护棚，抓了一公一母两只芦花鸡留换鸡腿所用，喜对子当然也是少不了的。其他好像也没啥，那时候家家都穷，讲不起排场。怎么去接的我不知道，新娘到家的情景我记忆犹新。是用平板车把新娘拉来的，噼里啪啦鞭炮一响，小年幼、小大姐都拥到大门口堵门，横一条大板凳在过道屋门口，上面有人坐着、有人站着，把门堵个严严实实，迎新的队伍想进去比登天还难。这是闹喜，无非想讨点烟，讨点糖。这时候需要大知客出面调停，喜烟、喜糖到手，自然就放人了。过了大门还有堂屋门，过了堂屋门还有房门，应付了这一拨人还有那一拨人，不闹腾一两个小时，新娘子是很难进入喜房的。

新娘子落座后需要娘家送亲的小姑娘来保护，不然闹喜的人会胡抓乱挠，搞得新娘子狼狈不堪。结婚三天不分大小，怎么闹都不能生气。喜房里挤得满满的，有插科打诨的，有要求新娘点烟的，有挤来挤去寻刺激的。外面席面照开，不闹腾到小半夜不得安生。

最后一道程序是戳窗户。事先在窗户上糊上红纸，新娘新郎坐在红罗帐内，表兄表弟从新娘陪嫁箱子里取出一把红筷子，从外面一根一根地朝里戳，一边戳一边念念有词：一戳金，二戳银，三戳三星高照，四戳四四如意，五戳五子登科，六戳六六大顺，七戳七子团圆，八戳八仙过海，九戳十戳俺不会，戳你两人一头睡。每说一句，其他人都附和叫好，特别是最后一句，引来哄堂大笑。这个节目结束，一众亲朋好友、邻里乡亲才四散而去，新郎新娘食面、合卺、入寝。后来听堂嫂说，结婚前她跟堂哥仅见过一次面，根本不好意思同床，新婚之夜她在桌边趴了一宿。

我弟弟结婚比我早，他有个性，结婚时没找一个人帮忙，自己骑自行车去邻村把新娘子接来家了，一切繁文缛节全免了，倒也清静。

改革开放初期，农村刚刚实行联产承包责任制，几乎家家都穷。我们家五口人住三间土屋、两间锅屋，院墙矮，鸡能飞过，狗能跳过。大弟弟结婚后，家里砸锅卖铁给盖了三间瓦房，分出去了。我是在 1992 年结的婚，结婚时家里还是土屋，地上坑坑洼洼，墙上土花花洒。女朋友看过后，一票否决了老屋做新房的动议。现在结婚有房有车似乎是硬杠杠，那时候还算宽松，有图猪图圈两种说法，我鲤鱼跳龙门考上了大学，女友图猪不图圈，对房子没有硬性要求，最后决定把新房设在单位单身宿舍。那时我在一所乡镇中学任教，把新娘接到学校里是空前绝后的创举。当婚车缓缓驶进校园时正值学生放晚学，整个校园都沸腾了，学生在学校中心大道上形成两道人堤，汽车像小船漂过，之后，人堤又从车后围上来，簇拥着，从学校大门口直到我的宿舍门口，同时伴随着欢呼、欢笑、欢闹和鞭炮声。宿舍门口我的同事们把守着，迎亲的队伍被里三层外三层包围着，那场面至今仍历历在目。

虽然把漂亮的新娘接在简陋的单身宿舍里有点委屈她了，至今想来我还有一点心酸，但有全校师生的热烈参与也算是一种弥补吧。

正月十六逗巧饭

现在的日子天天像过年，大人小孩儿对年节的兴趣都不是太浓。我们小时候则不然，一年到头就指望过年吃点儿好的。从腊月二十四过祭灶就开始忙活了，炸丸子、蒸馒头、包饺子，初三捏一捏，初五下面条，十五吃汤圆，头二十天时间都围绕着吃做文章，仿佛要把一年的营养都在这一冬补进去。

正月十六是过年大戏的最后一出，我们东北岗有个习俗叫逗巧饭。后来听说宿迁城里也过正月十六，他们叫走北边，跟我们乡下习俗不一样。

逗巧饭几乎就是专为孩子设计的节日。这天一早清子，不管阴晴雨雪，不待大人喊，孩子们都一骨碌爬起来，比上早学还积极。三吹两打扒点东西，就挎着篾篮提兜朝保管员家聚。

保管员的儿子是孩子王，比他大两岁小两岁的都听他的。大集体时代，保管员权力大，全生产队的粮食都归他管。那时流传的顺口溜，我到现在还记得：保管员，拉风箱，锅里烧着面疙汤，赶快吃，赶快咽，害怕社员提意见。他家孩子隔三岔五就能从生产队牛槽里抓两把煮豌豆、烧麦仁儿分给小朋友打牙祭。吃人嘴软，大家都不约而同地听他的了。

一个庄上年龄相仿的有十来个孩子，分成两组，一组去河东逗巧饭，一组在河西逗。河东小组从最东边的小叶庄开始，河西小组从大队张书记家开始，相向而行。大家叽叽喳喳，七嘴八舌，说说笑笑，挨家挨户逗巧饭，走到谁家门口，也不用开口，大人就从自家粮折里抓一把粮食放在领头孩子的提斗篾篮里。有给大米的，有给小麦的，有给大秫秫的，有给红小豆、绿豆、豇豆的，还有给山芋干、红小枣子的，也不管三七二十一，所有东西都放在一个篮子里。大家看着一群孩子要饭似的站在家门口，都开心地笑着。有爱开玩笑的大人还拿孩子开涮，大声地唱着顺口溜：小要饭，门口站……我们听了也不气恼，一溜烟儿窜别人家去了。

冬天的村庄，树木落光了叶子，从东到西一字排开的草房子，在寒风中瑟缩着，脚下的老岗地泥路被踩得油光水亮。大人们都躲进锅屋里烤火了，是逗巧饭的孩子们给这严冬的村庄制造了生机，仿佛春天即将到来。

也就个把小时，两支队伍就胜利会师了。在谁家消灭这些战利品，没有定例，大家都争着贡献柴火钱，所以往往采取轮流坐庄的办法，今年在你家，明年在他家。不管在谁家，这百家饭都是大家一起分享。

轮到烧饭的家长，把“逗”来的五谷杂粮淘洗干净，放在一口大锅里，加水烧煮。等待开锅的当口，孩子们各自跑回家，拿碗拿筷子（谁家有这么多碗筷呀），再邀上弟弟妹妹，一起来分享这劳动的成果。

全庄的孩子聚集在一家院子里，就像全树林的鸟儿集在一棵树上一样，是何等的热闹，何等的喜庆！持续半个多月的年节，以这种方式收束，是极为精彩的一笔！

我不知道这个节俗是从什么时候开始的，也不知道它的流传有什么深意，我只知道这是我童年贫穷生活中最富足的记忆，也是单调的乡村生活中最美好的记忆。我甚至也不知道从什么时候开始，家乡的孩子不玩这种游戏了。可能真正富足了以后，这种以“吃”为唯一特征的节令风习都会自然而然地消失吧。

喜丧

接到伯父去世的消息，我简单收拾了一下行李就往家赶，等我到家的时候亲戚都已到齐了。大家商议的结果是按喜丧来办。

我的老家在宿迁农村，这里的葬礼有一整套风俗习惯，以前每看到人家穷得叮当响，还要花那么多冤枉钱在死人身上，总认为是一种浪费，完全没有必要；而且那种多少有点迷信的做法，也让我这个受过高等教育的人难以接受。然而在亲历了伯父的葬礼之后，我的想法改变了。其实葬礼是一种抒情方式，它是生者的一种感情表达。

这种表达当然更多的是对亲人逝去的悲伤和痛苦，但是否也有对亲人结束病痛折磨的庆幸和对完成了人生使命的庆祝呢？没有人明说，但喜丧一说已道出一切。我很佩服这个词的发明者，“丧”是哀痛，但用一个“喜”字来修饰调和，就很有看淡生死的豁达了。

“喜丧”一词出自民国时期徐珂创作的《清稗类钞》一书，书云“俗有所谓喜丧者，则以死者之福寿兼备为可喜也”，人终有一死，长生不老是不可能的，所以寿终正寝就是顺利走完一生，与其哀之，弗如贺之。

我的伯父享年 88 岁，儿孙满院，四世同堂，安详离世，能享受喜丧的待遇。

越长寿骸骨在家停留的时间越长，但真正的葬礼就是正吊这一天。正吊就是正式吊唁的日子，由当地的民俗师傅根据死者离世的日期和万年历推算出，正吊也像喜事一样讲究黄道吉日，一般都定在农历的双日子。亲朋好友在正吊这一天陆续到来，一进家门，先要到灵堂前磕头。

磕头也是有讲究的，首先双手从膝下抄起，两手相对举至头部，然后慢慢放至胸前，同时鞠躬，然后左腿单膝着地，右腿随之并跪在灵柩前，磕 4 个头，民间有“人三鬼四”的说法，逢年过节给长辈磕头磕 3 个，给死人磕 4 个。磕头时身体要立直，头部要着地，五体投地方能见出真诚。

灵堂是用油布搭成的简易棚子，门上方悬一匾额，上书“恭承惠悼”4 个字，两边贴一副对联：“噩耗传来哀声恸乡里，音容永在美德示人间。”灵堂正中摆一张祭桌，留作祭奠之用，祭桌上遗像两旁分别放一盆万年青、一盆兰花，喻示万古长青、其德如兰之意；中间摆一个猪头，两边是活鸡活鱼，这就是古之所谓牺牲吧。

正吊这天一早，帮忙的人将祭桌抬至离家四五百米的地方，亲人们前去迎祭桌，吹鼓手在前面吹奏哀乐，儿女们哭天恸地护送祭桌到灵堂，乐声哀婉，哭声悲切，与亲人做一番生离死别，脚步缓慢而沉重，每一步每一声都寄托着无限哀思，常常感动得围观的乡邻忍不住以襟拭泪。祭桌抬至灵堂前，亲人们依次磕了头，这个仪式就结束了。

吊唁的高潮在晚上。晚上要进行一种叫奠酒的仪式，不知这是从什么时候传下来的礼数，步骤相当复杂，最隆重的二十四拜整个流程要几个小时，如果挨个儿这么做，那时间是不允许的，不过除了少数上点年纪的人懂得二十四拜，大多数人也只是听说而已，一般都按较简要的方式进行。我的姑父、舅舅、叔叔、大爷、姐夫、妹婿等按年龄大小排序，在灵堂里先磕 4 个头，然后上前一步跪下，祭桌左侧的司仪依次递 3 炷香和一个放着酒盅和筷子的盘子，祭奠者将其慢慢举至头顶，然后再慢慢放至胸前，右边的司仪依次接过，最后再退到原地磕 4 个头，这就是简单的奠酒仪式。参加奠酒的都是至亲，灵堂外有很多人围观，并对奠酒者品头论足，特别是对新老姑爷格外关注。

奠酒时乐队也卖力，他们除了吹奏一些哀乐，还交叉演奏流行歌曲，使喜丧上悲哀的气氛变淡。这些民间乐师会把气氛调和得极为热烈，他们起劲地吹奏节奏明快的乐曲，激动时有人站到凳子上，故意用五音不全的嗓子喊上几句，引得看热闹的群众阵阵大笑。有一首叫《啃笛子》的曲子，那简直就是幽默小品，笛子手把一根竹笛吹得活泼热闹，一会儿在嘴里吹，一会儿用鼻子吹，一会儿拿到眼上比画着吹。演奏中还夹杂小魔术表演，嘴里衔着一根烟头，舌头一扁，眼看着吞进口中，但笛子照吹不误，眨眼工夫烟头又吐出来，仍然点着火，又把烟头拿在手里，手一扬，烟头却不见了，然后顺手从看热闹的人群中抓一顶帽子，往嘴上一捂，烟头瞬间又在嘴里冒烟了。奠酒结束还有点歌，有点《秦雪梅吊孝》《哭灵》等哀乐的，更多的是点流行歌曲的，简易舞台上还有歌伴舞，女演员穿着时尚、舞姿劲爆，引得阵阵掌声。这喜丧简直就相当于送戏下乡。

没有人觉得丧礼办成这样是对逝者的不恭。昔者庄子鼓盆而歌，今人高寿举办喜丧，这种重生轻死、看淡生死的传统可不可以说是中华民族的优秀品质呢？

第三辑　风物

宿中炮楼

2016年7月29日《宿迁晚报》以“校园改造　面临拆除　宿迁这座87年的老炮楼将何去何从”为题，报道了宿迁中学1966届校友、宿迁中学原工会主席、退休老教师王聿苍老人发出保留、保护老炮楼的呼吁。文章刊出后，产生了强烈的社会反响，特别是引起很多宿中老校友的关注，宿中炮楼也随之浮出水面，进入大众视线。

可能20世纪80年代以后毕业的宿中校友都不大知道宿迁中学院内还藏着一座炮楼。学校是育人场所，何来这个军事建筑呢?

宿迁中学始创于1927年，最初校址在马陵山南麓钟吾书院。1929年2月13日，宿迁发生了震惊省内外的小刀会事件，小刀会会众冲进宿中校园，砸校舍、毁设施、抓教师，首任校长周宣德为掩护师生逃离，殿后被抓，刀矛齐下，差一点被砍致死。周校长被救后返京（南京）疗伤，《大公报》《申报》《民国日报》等各大报纸争相报道其事迹。我在南京图书馆查阅到了1929年（民国十八年）2月26日《民国日报》的报道，标题为“宿中被难教职员团抵京　备述宿迁刀匪徒众暴动真相　彻查此次暴动者加以严惩”。

其后，周宣德校长婉拒了行政当局及所有同人勿再冒险、留京他谋的苦劝，他认为一个人做事必须要有毅力，要有决心，为了教育，绝不能因受意外挫折即畏缩不前，中途退避，所以不为所动，仍旧坚持回宿。不期月，伤势稍有好转，身体渐已复原，周宣德校长即离京返宿。

回到宿迁后，看到省中校园及所有设施，均已被小刀会破坏无遗，无法开学。当时国民政府实施庙产兴学政策，遂指定小南门外的学宫即孔庙为校舍，并立即召集全县工友大兴土木，限时增建楼房，新置学校一切设备，于当年5月复校上课。

其实在此之前即1928年，宿迁中学已将城南学宫的明伦堂改造成学校礼堂，历时数月后于11月完工，校长周宣德亲撰《宿中礼堂落成》刻石勒碑：

余承乏本校，倏经半载，夙因校址无定，未遑建设，捉襟见肘，措施诸从简略。今奉省令，准拨学宫永充校址，特其间房屋失修，倾圮颓废，触处皆然。乃分别请款，次第兴工。爰就明伦堂旧址首先改建，时维匝月，费逾千金。于是规模渐备，皇皇礼堂告厥功成。从此师生团结训练，于此集中。微独涵养身心，尤克娴习仪礼，盱衡时事，慨念来兹，吾侪宜若何奋兴，若何黾勉，励学行而忠党国，庶几不负斯堂。勒石以书，矢勿谖尔。

中华民国十七年十一月十二日　南昌周宣德谨识

学校全部迁往城南学宫以后，虽一切就绪，但余痛尚未消，时局仍动荡。为确保师生安全，长治久安，学校未雨绸缪，遂于东南、西北两隅各建炮楼一座，当然没有枪炮设施，仅为观察瞭望，以防万一。开工之时，校长周宣德撰《炮楼立础记》以留纪念：

本校自“二·一三”惨案后，一切精华荡然无存。抚今追昔，敌忾同御。兹于故地重来，师生复聚。本安不忘危之义，当绸缪于未雨。爰就校之西北隅及东南隅各建炮楼一座，犄角对峙，守望相助，从此有备无患，校基永固。立础伊始，缀数语以留纪念云。

中华民国十八年六月十六日校长周宣德谨识

《宿中礼堂落成》碑现藏于宿中校史馆，《炮楼立础记》碑仍矗立在大成殿前院内，成为宿迁中学悠久办学历史的实物见证。

1938 年 5 月 19 日日军轰炸宿城，所幸宿中炮楼未遭战火损毁。随后日军占领宿城，驻扎宿中校园，把炮楼当作据点，残害我人民，炮楼也是日军侵华罪恶的见证。

东南隅的炮楼大体位置在月牙池东侧乐之楼前，已于中华人民共和国成立前被毁，具体毁于何时，因何而毁，已不可考。西北隅的炮楼至今尚在，位于宿迁中学老校区最后一排原学生宿舍最西侧，“文革”期间胡明华老师为躲避追打，还曾从炮楼上跳至河清街逃命。后来学生宿舍改为教工宿舍，炮楼被一户人家占用，覆了外墙，开了窗户，用作餐厅，但主体建筑保存完好，很容易恢复原貌。

现在，宿迁中学老校区（即钟吾初中）面临提升改造，大成殿后将增建明伦堂、尊经阁，恢复孔庙原有规制。炮楼的去留遂引起老校友及社会各界的关注。王聿苍老师力主保留宿中炮楼。炮楼由首任校长周宣德主持建造，是宿迁中学近 90 年悠久办学历史的实物见证。这次宿迁中学老校区整体改造后，学校连 20 年以上的建筑都不复存在，把炮楼也拆掉，就如同一棵大树被挖了老根，如何文脉相通，源远流长？况且，建造炮楼时明伦堂、尊经阁尚在，完全不影响孔庙的格局。黉学学宫本来就是宿迁教育发展史的一个阶段，省中宿中是宿迁教育发展由传统迈向现代的又一阶段，一脉相承，承先启后，方为正道。再者，中国儒学崇文尚武，炮楼与文庙相依相伴，一文一武，一张一弛，看似不统一，实为大和谐。

但愿聿苍老的殷殷爱校之情，能使宿中炮楼耄耋新生。届时，将《炮楼立础记》碑移于炮楼内，绝对是宿迁又一处见证历史、启迪后学的文物。

一株遗落的琼花

双沟酒厂厂区中央有一个精美的花园，名字很有讲究，叫醉猿洲。醉猿者，化石也。1977 年中科院国家考古队在双沟下草湾发现中新世早期类人猿化石，李传夔博士将此化石命名为双沟醉猿。彼时双沟地区森林茂密，野果成堆，日久发酵，汁液诱人，此公大快朵颐，一醉百万余年，醒来已化成石。

醉猿洲里一个花坛内，一簇虬枝旁逸的灌木树丛，缀满了纯白的花朵，那花束与我们常见的花不同，花蕊是一粒一粒的绿疙瘩，八朵白色的小花朵形成花瓣围在四周，绿色枝叶从下方托起，远看像绿布上绣着白色小碎花。指示牌上标注这是木绣球。根据我有限的植物学常识，觉得不像。同行的诗人陈法玉说有点像琼花。一语点破梦中人，可不是嘛，这就是琼花，我上周才去过扬州，在茱萸湾里欣赏了大片的琼花。拿出手机用植物识别软件一扫，果然是琼花！双沟酒厂竟然有一棵琼花养在深闺而人未识。

琼花是忍冬科荚蒾属植物，落叶或半常绿灌木，树形高大，可达数丈，每年暮春吐蕊，四月开花。有人这样描述琼花："其花大如玉盆，由八朵五瓣大花围成一周，环绕着中间那颗白色的珍珠似的小花，簇拥着一团蝴蝶似的花蕊，微风吹拂之下，轻轻摇曳，宛若蝴蝶戏珠，又似八仙起舞，仙姿绰约，引人入胜。无风之时，又如八位仙子围着圆桌，品茗聚谈。"这种独特的花型，是植物中所罕见的，后人冠以"聚八仙"的美名。

网络相关资料上说，琼花分布于江苏南部，安徽西部，浙江、江西西北部，湖北西部及湖南南部，生于丘陵、山坡林下或灌丛中。但是我只知道琼花是扬州的市花，因隋炀帝曾开挖运河到扬州看琼花而闻名天下；我也只在扬州看过琼花，遂以为只有扬州才有琼花。没想到在双沟酒厂竟然看到了这稀世的花卉。

我问酒厂陪同参观的同志，这株琼花有多少年历史，是怎么移栽到这里的，他们摇摇头说：不知道。连这是琼花我们都没搞清楚，一直误以为是木绣球，哪里明白其来龙去脉呢？

不知道的历史是最悠久的历史，可见这株琼花来历非凡。

关于扬州的琼花有一个耐人寻味的传说。说是隋朝时，扬州东门外居住着一对年轻人，男的叫观郎，女的叫芍药，他们情投意合，恩爱有加。有一天一只受伤的白鹤落在他们家的院子里，小两口小心照顾，不久白鹤就痊愈了。白鹤为了报答恩人，不知从哪儿给他们衔来了一粒花种。观郎和芍药将花种埋入土中，浇灌施肥，不久就长出一株枝繁叶茂、琼枝玉瓣的花树来。那花清丽脱俗，世所罕见，小夫妻名之曰琼花。

一时间，左邻右舍以及四面八方的人们络绎不绝地前来观赏琼花。此事一传十、十传百，传到当朝皇帝杨广耳朵里，他竟不顾民怨沸腾，劳民伤财开挖运河，穷奢极欲，带领众多随从乘龙舟来看琼花。当隋炀帝来到琼花台前，琼花不愿为昏君展容，突然间全部凋谢。隋炀帝气急败坏，挥剑欲砍。这时白鹤从天而降，携琼花化为一道金光疾驰而去。可能一路向西，落脚之处皆为琼花产地。其间会不会有一颗种子遗落在双沟古镇，春风化雨，生根发芽，就长成了酒厂这株来路不明的琼花？

琼花的传说虽然美好，但不能当真。而隋炀帝开挖大运河的事倒是千真万确的，且那运河就离双沟镇不远。

隋炀帝弑父篡位以后大量征集民夫开挖疏通大运河，以洛阳为中心，北达涿州，南至余杭，贯穿海河、黄河、淮河、长江四大水系，使中国东西走向的江河有了南北通道，对唐朝乃至后世的经济发展起到了非常重要的作用。但隋炀帝开挖大运河的初衷却是为了享乐，这也导致他在位仅 14 年就命丧扬州，客死他乡。隋炀帝开挖的通济渠中的一段就在泗洪县境内，就是现在百姓称之为老汴河的这一段，北起泗洪县城世纪公园，南至洪泽湖畔，长 30 余公里。古之“四渎”之一的淮河就从双沟酒厂门前流过，据传隋炀帝下扬州时还专门绕道双沟，带一船双沟槽坊酿的美酒以备享用，并留下“看景看扬州，喝酒喝双沟”的美谈。老汴河入湖口至双沟淮河古渡水上距离很近，这种可能不是没有。

双沟的酿酒史究竟有多长？以前耳熟能详的数字是始于 1732 年，这是清朝雍正十年，一个河南籍贺姓酿酒师辗转来到淮河之滨洪泽湖畔的双沟镇，发扬光大了“全德大曲槽坊”，遂使双沟酒名闻天下。如果这样算来，双沟酒只有不到 300 年的历史。后经深入挖掘，发现大明初年双沟镇上已有酒坊多家，其中最著名的当数朱家槽坊，还曾应太子朱标之邀为在盱眙修建明祖陵的皇室酿制贡酒。这样一来，双沟酿酒史又向前推进了 300 多年。2017 年双沟酒厂老厂区又有考古新发现，在距离淮河支流怀洪新河 300 米处挖掘出 200 多平方米的宋元酿酒遗址，出土了不少记录时代信息的酒器酒具。双沟酿酒史又向前跨越了一个朝代。

老厂区内琼花的发现是不是又有惊喜呢？虽然还不能断定这棵琼花会有千余年树龄，但它自然会让人联想到隋炀帝，这样一来，无形中又增添了双沟酒厂的历史厚重感。况且“琼花”二字对于酒来说也是吉祥的象征，人们爱用琼浆玉液来形容美酒，而决定酒的品质的是酒花，琼浆玉液酒花飘香，这是多么好的兆头啊！

北宋名相韩琦《琼花》有句曰“新荣托旧枝，万状呈妖丽”，这不正是双沟酒厂欣欣向荣景象的写照吗？尾句“我来首见花，对花聊自醉”，这一句可以用来表达我在双沟酒厂赏花品酒的感受。

春天的野菜

一进家门我就看见茶几上放着一个大塑料袋，里面隐隐约约露出一团绿色。妻子告诉我这是曹姨刚送来的苕子头子，你心心念念的野菜。

我已经 30 多年没吃过苕子头子了，有一段时间每进一家饭店我都问有没有苕子头子，每次都得到失望的回答，后来就断了这个念想。

荠菜就不必说了，小蒜、槐花、番瓜头子都重返了餐桌，为啥苕子头子就没引起当下厨师的注意呢？

我不知道苕子的学名叫什么，我们乡下都叫苕子，也昵称为小苕子。网络上还真有关于苕子的词条：苕子是豆科野豌豆属，一年生或二年生草本植物，其中毛叶苕子一般用于稻田复种或麦田套种。没错，这就是我童年时家乡随处可见的小苕子。

小苕子有野生的，但大面积种植还靠人工。秋收过后，一部分稻田地用来播种小麦，一部分留作来年小秧落谷，就种上苕子留翻作肥料。第二年春暖花开时节，小苕子长势喜人，如一层绿毯铺在田埂隔成的井田里，绿油油、水汪汪、鲜嫩嫩，看着就想掐一把放进嘴里。小苕子也开花，细细的梗举着纤小的紫红色花朵，在一片绿海上随风摇摆，淡淡的幽香在绿波里荡漾。

大集体时代家家都穷，每到春天青黄不接的时候就寻思拿野菜充饥。小苕子头子是最常用的一种，虽是生产队种的，是集体财产，但大家都是社员，理应有份儿的，况且掐了头子也不影响苕子生长。大人小孩就挎着篮头粪箕走进田野，像采茶一样将苕子最顶端的嫩头子采回家，滴点儿油，放点儿盐，一炒一大锅，一人盛一碗，又当饭又当菜，滑溜溜香喷喷，美美地吃一顿。

那时候乡下能吃的野菜很多，印象最深的有刺儿菜、洋槐花、榆钱、灰灰菜和野小蒜。刺儿菜是一种叶边带刺的野菜，长在小麦地、田埂上、草丛里，割的时候要特别小心，不然会扎着手。起初是趁嫩的时候割来喂猪的，后来发现人吃也很可口，就猪口夺食了。刺儿菜炒着吃的时候少，多数用来馇稀饭，锅开了后将洗净的刺儿菜放进去，再加点儿盐，菜稀饭就有盐味了。洋槐花炒鸡蛋自然是一道好菜，但那时谁家能吃得起鸡蛋啊，我们都是只用槐花炒的，水分大，口味不是太好；倒是趁嫩的时候生吃，甜丝丝的，别有风味。榆钱可以炒着吃，可以馇干饭吃，我们家是把它斩碎跟大秫面和在一起烙饼吃，青的榆钱黄的面，贴在地锅上，熟了抢下来，亮黄，酥脆，好吃。

野小蒜特别有味儿，无论炒鸡蛋还是腌咸菜，或者切成段放在酱豆汁儿里，都是难得的美味。沂河底小蒜多，星期天不上学，母亲就带着我们步行十几里地到沂河沿去挖小蒜。挖了一堆，扤着累人，就埋在土里，在上面做个记号，收工时一起放到筐里抬回家。满湖都是挖小蒜的人，有时记号被人抹掉了，找不到；有时记号被人识破了，小蒜就会被盗。记得有一次有两堆小蒜丢了，我又气愤，又害怕，又失落，那种沮丧的心情现在犹然在心。

还有一种植物很少有人吃过，就是小茼叶。闹春荒时野菜都被挖尽了，我大伯家人口多，实在没有东西吃，就用小茼叶跟山芋掺在一起烙煎饼，一次我去他家大伯母卷了半张煎饼给我，我咬了一口没咽下去。

那样的艰难岁月永远过去了，现在野菜倒成了稀罕物了，别说农家乐了，就是一些星级饭店也拿野菜来招揽顾客。我们童年时不得已而食的东西现在却孜孜以求之，社会的进步往往会表现为一种回归。

回归也是回忆。我要赶紧把曹姨不知道从哪儿掐来的小苕子头子洗洗下锅，看看现在的油盐能否炒出我童年的味道。

乾隆贡酥与黄桥烧饼

今年春节收到两份相似的礼物，一份是大名鼎鼎的黄桥烧饼，一份是名冠宿迁的乾隆贡酥。同为烧饼，黄桥烧饼包装考究，彩色提袋，华贵大气；乾隆贡酥则朴素得如同村姑，仅用普通的黑色塑料袋包裹。说实话，吃起来乾隆贡酥口感不在黄桥烧饼之下，甚至更胜一筹。这引起了我的兴趣，忍不住对两者做一番对比研究。

黄桥烧饼源于何时虽无文字记载，但民间流传的一个小故事多少有些参考价值。说是清朝道光年间，如皋县的一位知县路过黄桥，吃了一回黄桥烧饼后齿颊留香，念念不忘。如、黄二地相距60余里，总不能专程来吃呀，但这位县太爷竟不怕别人说他搞特权，隔三岔五地派快马到黄桥购买烧饼，以饱口福。这个故事告诉我们，至少在150多年前，黄桥烧饼便小有名气。

乾隆贡酥俗称叶家烧饼，又名皂河小脆。早在唐代就很有名气，到了清代，其传人被乾隆皇帝召进京师传艺，名气就更大了。1757年春天，乾隆皇帝第二次巡幸江南途经宿迁皂河。当时他由于旅途劳累，不思饮食，当侍从敬上叶家烧饼时，他竟毫不在意。忽然一阵微风吹过，缕缕香味扑鼻而来，乾隆皇帝顿时食欲大开，连吃三个。饭后，乾隆皇帝连声称赞烧饼口味好。他命手下人将制作烧饼的叶师傅招来一见，当即封其为御厨，并决定带到京城去传授手艺。从此，叶家烧饼便被改称为“乾隆贡酥”。

由此可见，乾隆贡酥的历史远长于黄桥烧饼。

1940年，新四军东进，开辟抗日根据地，在黄桥打了一仗，是为著名的黄桥战役。新四军日夜坚持战斗，有时几天吃不上一顿饭。黄桥当地的老百姓，看到这种情景非常焦急。他们后来想出一个办法，就是用这种烧饼慰劳新四军。人们日夜赶做，有专人指导，开始小规模地做，后来推广开来，全镇的人都做起来。新四军吃了这种烧饼，浑身增添了力量，打仗非常起劲。最后，终于取得了伟大的胜利。当时还留下了一首广为流传的民歌：

黄桥烧饼黄又黄，黄黄烧饼慰劳忙。
烧饼要用热火烤，军队要把百姓帮。
同志们呀吃个饱，多打胜仗多缴枪。

这首诞生于1940年黄桥决战期间的《黄桥烧饼歌》，使黄桥烧饼更加出名了。20世纪70年代，顾寄南的散文《黄桥烧饼》在《人民日报》发表；80年代，电影《黄桥决战》在全国播映，大量反映黄桥决战的小说、散文、诗歌见诸报端。这一切，更使黄桥烧饼名声大噪。

时隔30余年之后，即1975年5月，粟裕将军重返黄桥，黄桥人民仍用黄桥烧饼盛情款待，他手捧烧饼，激动地勉励大家说："从黄桥烧饼我们看到了军民的鱼水深情，我们要继续发挥革命传统，争取更大光荣。"

而叶家老大被招为御厨后，民间再无叶家烧饼、皂河小脆，直到叶老大60岁时，因过不惯皇宫的生活，才重回故乡，重操旧业。从那以后，乾隆贡酥叶家烧饼才名气日隆。

1989年春天，我国当代著名诗人丁芒游览皂河乾隆行宫，品尝了乾隆贡酥，随后拜访了叶家烧饼的第八代传人叶如锦，不禁被叶老精湛的绝活和高尚的人格魅力所打动，于是丁老感慨道："此饼甲天下！"并欣然提笔赋诗：

一缕香酥出皂河，征夫收起纵棹歌。

叶家炉畔人论巧，八代芳华献万搓。

尽管如此，皂河古镇的乾隆贡酥即叶家烧饼店，却身居幽巷，独此一家，虽名冠宿迁，却未形成产业。千百年来，叶家严遵祖训，单线独传，已历经十代，而今执炉的是叶家第九代传人叶淑华和第十代传人刘大勇。乾隆贡酥从清乾隆年间算起叶仲兴为第一代传人，从那以后乾隆贡酥单线独传，传儿不传女。其实第九代传人应该是叶荣华，但他是原东南大学毕业的高级工程师，一心钻研工程机械，如今已60多岁，仍在为国家工程机械事业竭尽全力。作为第九代的唯一男丁，眼看这门祖传绝技就要在他这一代失传，叶荣华的父亲第八代传人叶如锦经过三天三夜的思想斗争，终于打破传男不传女的禁训，决定把自己的女儿叶淑华培养为第九代传人。时年46岁的叶淑华谨遵父命，并立誓把这门绝技继承并发扬光大。叶淑华女士已年过50，依然辛勤在“万搓”之中，第十代传人是叶淑华之子刘大勇。刘大勇大学毕业后去厨师培训中心对中式面点进行了系统学习，并访遍各地面点制作名师，集合现代科学的方法和手段对传统的乾隆贡酥进行深入研究和试验，不仅保留了乾隆贡酥原先的传统特点和风味，又推出了椒盐馅、蜜糖馅、枣泥馅、赤豆馅等新品种，还对工作器具进行了一系列的改革，并对乾隆贡酥进行了品牌注册，于2002年经国家工商总局成功注册“皂河叶家”商标，对其进行了有效保护。

叶家烧饼老店原位于皂河镇镇西大街财神庙对面，因古镇改造现已搬迁至镇西皂河电灌站西侧，店面装潢考究，古色古香，门前磨盘水缸列队，门两旁悬挂着丁芒的诗句，门楣上是“皂河烧饼乾隆贡酥”8个大字招牌，大字下方排布“宿迁老字号”“宿迁名牌产品”“江苏当家点心”“中国地标美食”“非物质文化遗产”“央视推荐美食”等品牌宣传内容。店内陈列琳琅满目，品种花色多样，昭示着叶家烧饼开创了发展新局面。

苏北新民居

金秋十月，宿迁市文联组织“圆梦小康　美在乡村”作家采风活动。通过活动，我走进泗阳农村，见识了泗阳的乡村之美，对苏北民居有了全新的认识。

苏北民居本乏善可陈，不用说跟江南民居、客家民居、徽派民居比了，就连北方的窑洞建筑和石头房子也比不过。我印象中早期的苏北民居都是草房子，用山草或麦穰缮做屋顶，漏雨是家常便饭，梅雨季节常常是外面下大雨屋里下小雨，每年都要把屋面的草扒下来，换上新的。墙倒是有特色，是夯土筑就，很厚很厚，冬暖夏凉。但看起来笨重土气，低矮潮湿昏暗，尘土也哗哗掉。后来家庭条件好一些的人家发明了砖腿子、砖捧檐，就是墙根用砖砌几层，屋檐下用砖走一圈。略微好看了一些，但还脱不了草屋的本质。

20 世纪 80 年代苏北农村推行草改瓦，草房子逐渐从视野里消失，当然夯土筑墙技术也随之失传。不知是经济原因，还是审美原因，我觉得那个时间段盖的民居显得特别难看，从某种程度上说，还不如草房子更具备民俗价值。都是一例的红砖红瓦，院落由三间堂屋、两间偏屋、一间过道组成；单体建筑造型也很简单，直上直下的 24 厘米厚或 18 厘米厚的墙，三间两房，起脊，只留前窗不留后窗。跟江南民居或徽派建筑的青砖小瓦、粉墙黛瓦、叠楼架屋比起来，我们苏北民居少了点美感。这样的房舍再配上田畴、庄稼、炊烟就是我记忆中的乡村图景。

但走进泗阳的社会主义新农村，我的眼前一亮，变了，泗阳农村变了，苏北民居变了。

我们参观的爱园镇松张口社区和卢集镇成子湖社区的民居一改过去苏北民居的老旧差矮，融进江南民居和徽派建筑的艺术特色，引入城市叠墅的设计理念，在保留传统乡村元素之外，又增添了新的内容，把部分适合农村的城市之美嫁接过来，形成具有现代乡野之趣的全新苏北民居，让泗阳的乡村可居可游。

松张口社区在一片大湖之后沿弧形湖岸线展开，透过岸边的芦苇，越过水面，一排排粉墙黛瓦的两层小楼在秋阳之下闪着温馨的辉光。各家各户既比邻而居，又各自有独立的院落，院门之侧青色小瓦在白色院墙上砌成一方鱼鳞墙，一株月季攀缘鱼鳞墙斜出，构成一幅水墨画。这个设计改变了苏北民居重实用轻审美的传统。

卢集镇成子湖社区还在聚落中配套居家养老服务中心和残疾人之家，这大大出乎我的意料，这是新农村建设的新理念。

从这个村庄到那个村庄，汽车在宽阔的柏油马路上疾驰。泗阳乡村的道路给我留下了深刻的印象。我的印象里大多数乡道都比较狭窄，走在乡间的小路上，只适合暮归的老牛做我的同伴。但 21 世纪即便是农村，也已进入汽车时代，狭窄的道路就如农村发展的肠梗阻，而泗阳规划起点高，乡村道路堪比城市，就连最后一公里也是宽阔的柏油马路，汽车一气能开进村庄，随便停在谁家的房前屋后。以前城里人把去农村叫下乡，除了多少带有一点居高临下的傲慢，实在是因为乡下的路太难走。现在好了，在泗阳，我们乘坐的考斯特汽车都是直奔田间地头、农家小院。

泗阳的农村不独有田垄麦苗，还有花香四溢。城市种鲜花，农村种庄稼，这是传统观念。而泗阳的农村却到处盛开着鲜花，鲜花不但美化了环境，还形成产业，增加了收入；并且不同乡镇选择不同品种的鲜花，这种差别化发展，避免了同质竞争。在穿城，我们看到大片的菊花，平整的土地弄成起伏状，大朵的菊花红黄相间，顺着坡度流淌成花海，招来蜂蝶翻飞和人群流连；在爱园，大片种植的是月季花；据说临河镇因云渡桃雕闻名遐迩，家家户户爱种桃花。苏北民居被四时花卉环绕烘托，夺人眼目，美不胜收。

费孝通先生有一本著名的人文著作叫《乡土中国》，揭示了中国人的乡村特点、乡土情结。中华文明的根源是农业文明，因此中国人的内心深处都有回归乡村的愿望。如果可以，我愿有一所房子，面朝田园。但在已经奔向小康的21世纪，农村不必是鸡犬之声相闻老死不相往来的样子，而应该是社区化的乡村、田园化的城市。我认为新型城镇化与其让农村进城，不如让城市下乡。让城市的物质文明和精神文明与乡村的淳朴民风和宽阔视野结合起来，打造具有现代化气息的社会主义新农村。沃野田畴，屋舍俨然，马路宽阔，汽车飞驰，地平线和天际线交会处，旭日柔和的光线，将粉墙黛瓦四合院的倩影画在田垄之上，老人安享晚年，青年安居乐业，儿童安静读书，这就是我理想的美丽乡村。

苏北乡村民居正在朝着我理想的样子发展。

煎饼小识

煎饼是宿迁人的主食，大部分本土宿迁人一天都离不开煎饼。我就是吃煎饼长大的，到老了还几乎天天吃。

我们小时候吃的煎饼都是纯手工制作的。正常鸡叫头遍时母亲就把我们喊起来推磨，那时正在困头上，眼都睁不开，闭着眼扶磨棍走，磨棍吃糊子是常事。用来烙煎饼的糊子由不同材料制作而成，小麦、大秫、红芋、红芋干等都行，其中以小麦、大秫为主。一两盆糊子推出来也得个把钟头，之后我们继续回屋睡觉，母亲开始蹲在鏊旁进行第二道工序——烙煎饼，煎饼烙完天才麻花亮，父亲起来揹一张煎饼就下湖干活去了。没有谁家大天亮才开始烙煎饼，那会被邻居笑话的，都是起五更睡半夜，像做地下工作。

现在就是在农村，自家烙煎饼的也很少了。以前农家小院里必备的磨道基本消失了，磨盘都被商人收购卖到城里铺院子了，鏊子也成了文物，收藏在过道屋的旮旯里，落满厚厚的灰尘。煎饼还照样吃，有人做这门生意，糊子是断不会人工推了，机械化，又快又省劲，就连烙煎饼也有专门的机器，不过机器烙出来的煎饼老宿迁人不爱吃，他们情愿花高价买手工煎饼。宿迁城里各菜市都有煎饼摊点，清早送来高高一大摞，不到晌午就卖光了。也有走街串巷卖的，骑着三轮车，挨个小区转，喇叭里放着“红芋煎饼”的叫卖声，离很远就能听到。以前最次的山芋煎饼现在卖得最贵，两块钱一张，不讲价。

煎饼的吃法多样，最简单的就是卷点菜直接吃，生大葱、咸鸭蛋、腌辣椒、炒小鱼小虾都适合卷煎饼，又好吃又省事，拿在手里一边走一边吃，特别是农忙时下湖干活，卷张煎饼就走，省得耽误时间。农村人讲究多，见面还兴让人，煎饼一举，大爷二娘一叫，说一句你吃煎饼，对方答俺吃过了，你吃吧。虽都是多余无用的话，但听起来心里暖乎乎的。现在宿迁最受欢迎的一种早点就是煎饼炒鸡蛋，刚从小鏊子上揭下来的热腾腾脆生生的随鏊煎饼，卷上辣椒炒鸡蛋，要多美味有多美味。时兴了户外运动后，经常要在山上野炊，我们宿迁的煎饼是最便于携带的野炊佳品，外地人不知道“煎饼”一词，直呼江苏饼卷一切，倒也贴切。

煎饼奢侈的吃法叫熥煎饼，熥好的煎饼叫油塔子。以前在老家的时候，母亲烙到最后一张，鏊子底下也不用添火了，起身到小桌跟前把我们掐来的番瓜头子、榆树叶洗净捣碎，均匀地摊在烙好的煎饼上，撒一捏盐，滴两滴油，叠成长条状，再用刀切成一牙一牙，就是童年时代最诱人的美味了。现在我仍然爱吃熥煎饼，隔三岔五就要到大润发超市南边巷子里一对夫妇开的小吃店去熥一张。

祖父在世的时候，由于牙口不好，喜欢泡煎饼吃。盛一碗热汤，把煎饼撕碎，泡在咸汤里，有点像陕西的羊肉泡馍。更简单的就用白开水泡，少油无盐没有味儿，就舀一汤勺白糖拌拌，也怪好吃的。等我老掉牙的时候就这样吃。

我国吃煎饼的地方不多，主要集中在鲁南和苏北。宿迁三县两区中只有老宿迁即现在的宿豫区、宿城区吃，徐州大部分县区都吃煎饼，连云港的赣榆、东海也有吃的。我发现吃煎饼的地方讲话都侉，食物细腻精致的江南就说吴侬软语。这方言语音是否与吃食有一定的关系呢？我没研究过，反正宿豫区与沭阳县仅一条墒沟之隔，这边吃煎饼，说的是北方方言宿迁话，那边不吃煎饼，讲的是江淮方言沭阳话，说来也怪。

煎饼是谁发明的呢？我不知道，传说是诸葛亮，不知真假。诸葛亮据说是临沂人，辅佐刘备之初，常被曹军追杀。一次被困在沂河水畔，锅灶尽失，而将士饥饿难耐，诸葛亮便让伙夫以水和面为浆，把铜锣置于火上，用木棍将面糊摊平，煎出香喷喷的薄饼，将士食后士气大振，杀出重围。当地人习得此法，便用铁铸成锣状的鏊子来烙煎饼，从此煎饼便在沂蒙大地及周边地区流传至今。考古学家在仰韶文化遗址挖掘出土了陶制鏊子，这样煎饼的历史就更长了。

清代著名小说家蒲松龄还专门写过一篇《煎饼赋》：

> 煎饼之制，何代斯兴？溲合料豆，磨如胶饧，扒须两歧之势，鏊为鼎足之形，掬瓦盆之一勺，经火烙而滂澎，乃随手而左旋，如磨上之蚁行，黄白忽变，斯须而成。……圆如望月，大如铜钲，薄似剡溪之纸，色似黄鹤之翎，此煎饼之定制也。

普普通通的食物到了文人笔下就升华成美的形象了。山东的煎饼还上过央视《舌尖上的中国》节目，我们也沾了光，因为一脉相承，都是煎饼。

宿迁小菜

宿迁人口味重，爱吃咸菜，为与大餐区别，把咸菜叫小菜。小菜有很多种，最有名的莫过于酱豆和辣疙丝。

酱豆制作工艺稍复杂，四个字：烀、焐、熬、下。秋冬季节，选好上等的黄豆，洗净晒干，放在地锅里烀，劈柴火煮熟熬透，这是第一步。

待凉透后装在蒲包里，必须是蒲包，蒲包透气性好，植物的香气也可以进到食材里。然后埋进锅框，四周用麦穰塞实，上面用锅盖盖紧，就等着时间来焐吧。一般要焐上一星期，酱豆才能充分发酵，要发到恰到好处这个度不易把握，过了会霉，不及会硬，口感不好。这道工序全在于对温度的把控，制作酱豆一般都在冬天，室内外温度都低，就要控制好锅框内的温度。发酵好了的豆子用勺子一舀，黏涎能扯很长。这是第二步。

第三步熬汁儿最需要技术，所用材料也多。最常用的是花椒、八角、茴香、桂皮、胡椒等五香大料，就是逢集时说书卖当唱的：五香大料，熬鱼熬肉少不掉，包饺子、调馅子，烀猪头、烩五件子，搓萝卜干、下酱豆。再配上生姜、芛姜、辣椒、盐、甜油、酱油、豆油，加入水中，小火熬制成汤汁，酱豆的口味怎样全靠这汤汁了。

汤汁熬好了不能进一滴生水，待其自然凉透，装进小口坛子里，把发酵好的黄豆下进去，盖子盖上，再用黄泥封口，剩下的就等美味爽口的酱豆新鲜出炉了。这一等往往要等个把月，一般都是年前下好，年后才吃。

这是过去农村老家自己制作酱豆的工序，现在很少有人家自己做了，都规模化生产了，生产程序是否跟手工近似，没去参观过，没有发言权，味道倒还是那个味道，广告词也很诱人：大鱼大肉，不如黄墩湖腊豆。

新下好的酱豆辣乎乎、软绵绵、黏稠稠、红亮亮，好吃又好看，若有一碟酱豆，即使什么菜没有也能扒拉下去一大碗干饭。如果酱豆里再腌上葱白、蒜苗、冬瓜片、萝卜条，那又是一种好滋味。酱豆炒鸡蛋也好吃。

辣疙丝有多种做法。原材料是辣疙瘩，也叫大头疙瘩，正名叫芥菜疙瘩。腌制大头疙瘩有两种方法，一种做法是将辣疙瘩直接切成丝，用盐搓，多放大蒜，可佐以煮熟的黄豆，腌几天就能吃了。吃的时候撒点香菜，滴几滴香油，味道会更好。另一种只放盐，不加任何佐料，这叫水疙瘩。腌好后再切成丝，是为辣疙丝。不能直接吃，否则除了齁咸，没有其他味儿，还要再加工，加点甜油醋泡，用辣椒面搓，或者配尖椒炒，都好下饭。

辣疙丝是宿迁著名特产、曾获巴拿马万国博览会金奖的五香大头菜。先把辣疙瘩腌成水疙瘩，所不同的是辣疙瘩要切成几块，以便后期香味进去；然后出坛晾晒至八成干，再投入调制好的卤水里浸泡，直到卤水被吸干，辣疙瘩由白变黄、变棕；再把五香大料研磨成粉末撒在腌制好的大头疙瘩上，装缸压紧密闭储存，待数月之后味道全渗进，香绵可口的五香大头菜就大功告成了。五香大头菜确实好吃，味道绝对在榨菜、什锦菜、萝卜干之上，可惜产品包装和营销做得不好，让这个人间至味仅供宿迁人享受，没能走出江苏走向全国。

辣疙丝能存放，就是配辣椒炒也能放它三五天，户外运动爱好者外出登山徒步都爱带上煎饼辣疙丝；为了增加营养，户外人还发明了辣疙丝配牛肉炒，美其名曰香疙里辣。这道菜已被宿迁很多饭店吸收，上了大雅之堂。

在宿迁吃饭，无论家常便饭，还是餐馆大餐，小菜酱豆、辣疙丝肯定少不了。

碌碡

我家屋后的那个碌碡是祖父留给父亲的遗产。

碌碡呈圆柱形，直径一尺有余，长约二尺，用青石雕成，村里最有力气的人也难将它搬起。碌碡的作用是打谷碾场，因此其周身凿有均匀分布的垄沟。柱体两端各有一个窝窝，推拉时放磙担之用。磙担者，驾驭碌碡之工具也。分两种，一种是“工”字形状的，两根木棍中间由一横担相连，顶端各有一个小耳，插进碌碡的窝窝里，就可以驱动了。这一种是人工驱动所用。另外一种比人工的要短，顶端多一根横担，两边系上绳索，套在牛头上，赶场人一手拉着缰绳，一手拿着鞭子，吆喝着抑扬顿挫的号子，围着晒场一圈一圈地转呀转，就可将谷粒碾下。

祖父是赶场的老把式。为了有一个好使的碌碡，他扛着磙担，步行180里到山东沂蒙山，看着石匠一凿一凿地凿好一个称心如意的碌碡，然后一磙一磙地把它推回家。这次行动耗时20天，从此我们家有了一个全村最好的碌碡。

麦收季节，碌碡最忙碌，这场赶过赶那场，左邻右舍，前村后庄，驰骋晒场。工欲善其事，必先利其器。有了顺手的家伙，祖父精神十足，头戴斗笠，脚穿草鞋，一声声长长的吆喝，忽高忽低，忽紧忽慢，忽轻忽重，忽强忽弱，悠扬婉转，响彻小村；那份惬意，那份自在，那份满足，真达到了人至无求的境界。

祖父年迈后，碌碡自然由父亲接管。父亲天生是这方面的里手，他的特点是不善吆喝，常常在不知不觉无声无息中将满场的稻谷碾了下来。

听惯了祖父的吆喝，父亲的赶场对我们算是没有一点吸引力了。我们由原先的围着场边转，到躲得远远的。父亲有时硬把我们逼到现场，似乎想让我们观摩，以至实习，但我们表现得很冷淡，好像我们不是农民的儿子。赶场的手艺到我父亲这里就算失传了。

高中毕业那年，父亲一改往日的慈祥，冷着脸威逼我进他开设的碌碡使用培训班。他的理由是要吃农业这碗饭，就得学会这门手艺。那年是 1983 年，拖拉机还很稀罕。我对自己能否考上大学信心不足，只好子承父业，从头学起了。在祖父和父亲手里那么驯服的碌碡，到了我这里就变成了桀骜不驯的怪物，一会儿磙担掉了，一会儿牛不走了，有一次险些把自己的腿送到那大石磙子底下。正在父亲对我失望地皱眉时，大学录取通知书到了，父亲的计划破产了，他只好重新抄起家伙，继续那赶场生涯。

弟弟高考落榜后，父亲又找到了继承人。但弟弟怎么也不愿意去兜那个圈子。不久弟弟买了拖拉机，碌碡的前途算是彻底断送了。

如今，那一个碌碡横在晒场边上，由于日久不用，已有部分陷入泥里，浑身上下被一层青苔覆盖着。孩子们也不再围着它嬉戏，只有父亲偶尔在夏夜坐在上面，点起一支烟，用手轻轻拂去那满身的苔衣。

蝙蝠进化论

记得小时候每当夏天雨后的傍晚，都有成群的蝙蝠在院子上空盘旋。它们不像大雁排列成行，也不像小燕子低回嬉戏，而是高高地在树梢上做散乱的绕圈运动。圈子绕得不大，总围着院子，仿佛这里是它们的家。

我们对这种丑陋的动物似乎也没有心生厌恶之情，反而在院子里和它互动，也学它的样子伸开两臂绕圈儿，嘴里大声嘟囔着不知何意的歌谣：蝙蝠蝙蝠绕道子，拾你老爹破帽子。

天晴过后，这些蝙蝠就不知道跑到哪儿去了。

记得小学课本里有一则关于蝙蝠的故事。说是鸟和兽大战，蝙蝠不知道谁能赢得最后的胜利，便利用自己似鸟似兽的外观优势做骑墙状。眼看兽要赢了，它跑到兽的阵营，说，你看我有牙齿，且是胎生，所以我是兽。后来鸟在鹰的帮助下反转局面，蝙蝠又叛变到鸟的阵营，说，你看我有翅膀，会飞，所以我是鸟。最后的结果是鸟兽和解，战争结束，鸟兽各散。蝙蝠似鸟似兽、非鸟非兽，两大阵营都不要它，只好躲进山洞，白天羞于见人，夜晚才出来偷偷觅食。

我们平原地区没有山洞，它们躲在哪儿呢？我们老家传说，蝙蝠是老鼠偷盐吃变成的，这是民间关于蝙蝠的进化论认识。可能它们遗传了老鼠的本领，打洞而居？不得而知。

蝙蝠再一次引起关注是“非典”时期，有种说法是蝙蝠把随身携带的病毒传给了果子狸，什么都敢吃的人吃了野味儿果子狸，导致了一场持续数月的“非典”疫情。据科学家研究，蝙蝠身上带有上千种致命的病毒。不知从什么时候起蝙蝠不再以人类为友（我们还曾经因为它的名字里有个谐音“福”的“蝠”字而认为它吉祥呢），也不知它从什么时候起携带了可怕的病毒，随时准备直接或间接投向人类。

儿时的情景还历历在目。我不记得是否有哪只讨厌的蝙蝠丢下蝙蝠粪砸到我头上，但我可以确定的是我没有被病毒感染，因为我好好地活到现在。

我已经30多年甚至更长时间没见过蝙蝠了。我想知道这些年蝙蝠都去了哪里，做了什么，它怎么就变得这么让人烦了。

萌宠记

大白是两个月的时候抱过来的，当时体重六七斤的样子。这家伙生长速度快得惊人，有一次周末我们外出有事，把它寄养在朋友家里，周一接回时发现它已长了一截，胖了一圈。现在7个多月，体形健硕，该有五六十斤了，一点小鸟依人的气质都没有。

大白种属萨摩耶，与哈士奇、阿拉斯加并称“雪橇三傻”。祖居冰天雪地的北极，不知哪朝哪代被哪位好事者带到人间，成长为萌宠。它凭着一副迷人的表情，不知迷惑了多少人间宠主。据说它的颜值在宠物界高居榜首，素有“微笑天使”之称。殊不知它的天使脸蛋背后暗藏着一颗调皮捣蛋的魔鬼之心。萨摩耶是拆家第一高手，被封为“拆迁队队长”，它的一张利嘴就是一台粉碎机，被它盯上的东西总能化神奇为腐朽。家里的水舀子、铁锨柄、高跟鞋、遥控器、拖把、花盆，等等，凡是被它“吻”过的东西，一律变宝为废。好在它独自活动的场所被我无情地限制在院子里，只有主人回家它才被允许在室内自由活动。一位同事介绍，他家曾在居室内散养了一只萨摩耶，结果家具、电器悉数被毁，损失达两万余元。我们家还好，也就是三天两头买拖把扫帚，一天扫三遍院子。

萨摩耶是黏人高手，夸张点说它的黏人指数超过502胶水。只要主人回家，它一步都不会离开你，无论你做什么它都围绕在你左右，用爪子、尾巴、身体、嘴和长长的舌头在你身上、手上，甚至脸上表达它的亲密。它最喜欢和人争工具，扫帚和拖把是它的最爱。你正在扫地、拖地，它一把逮到扫帚、拖把，衔在嘴里，摇头晃脑乱甩，你不撒手，它不罢休。它还喜欢往人身上扑，后腿支撑身体，前腿竖起，搭在你双肩之上，如同拥抱，同时还大口喘着粗气，哈出一股狗味。

女主人养宠物就跟养小孩一样，容易溺爱，但那畜生根本不领情，它常常凌驾于她之上，在餐桌上争食，在沙发上乱跳，咬她的脚，得用食物引诱才肯去笼子里睡觉。我却不然，规范行为，严厉呵斥，按时逗留喂食，它则乖乖地顺从执行。晚上10点我一声令下：睡觉！它就夹着尾巴，低着头，一声不响地走进笼子。

一次周末带它去农村老家，从车上一下来，它看见家院里的母鸡，扑上去就咬，狩猎的本性尽显无遗。鸡从院子跑到堂屋，又从堂屋跑到锅屋，它在后面紧追不舍，怎么呵斥都没有停下的意思。我气急用狗绳摔打过去，它才停下。母鸡狗嘴逃生，惊魂难定，躲在鸡窝里还咯咯咯呻吟。大白遭到我的毒手，可能身心俱伤，回家后3天茶饭不思，精神萎靡，连遛弯儿也不感兴趣，整天趴在地板上，两眼楚楚可怜地看着主人，不知它心中生恨还是生怨。第4天才恢复常态，但已不似以前那样调皮，似乎一下子懂事了不少。

萨摩耶虽名属“三傻”之列，其实一点也不笨。主人最怕宠物在室内大小便，我们每次回家打开院门，大白就会主动跑到空地上做小便状，还扭头望着你，意思是你看我多懂事，然后屁颠屁颠地跟着你进屋。它还会根据男女主人的不同态度来调节自己的行为方式。我不喜欢它扑在我身上和用舌头对我表示亲热，所以每次我回家它都用跳起来的方式表示欢迎，对我的亲昵是用身体倚倚靠靠。狗狗能听懂不少常用语，“站住”“慢点”“回来”“坐下”“跳”“睡”等，这些经常用来规范它行为的词它都能明白其含义。我们家的大白还特别能听懂“上班”这个词，早上上班时间，我们收拾停当，准备出门，它总是跟前跟后想跟你走；但只要我们说上班了，它就乖乖地站在阳台上不动，目送我们离开院子，走向车库，它的脑袋会随着我们身影的移动而转动，直到我们消失在它的视线里，留下它孤独地在院子里。

上班族养狗，没有更多的时间陪它。我估计狗的内心是渴望逃离去追求自由的。有一次我们大意了，下班回家后忘了把院门关好。这个破绽被大白发现了，它瞅准机会，撒腿就往外跑，一眨眼工夫已无影无踪。我拿着狗绳追出小区外，沿着经常遛它的那条路来回找了几遍，女宠物主则在小区里来来回回寻找。从晚上 7 点多找到 11 点，始终不见大白的踪影。调阅小区监控，发现大白大大方方、悠游自在地溜出了小区，在这夜深人静、微雨飘飘的夜晚它能去哪儿呢？正当我们心急如焚的当口，对面小区一个拉布拉多宠物主过来说有一条大白狗在他家院子里赖着不走。我欣喜地冲过去一看，正是它！这 4 个小时的自由生活成为它一个永远的谜。可气的是拉它还不愿意回家。看来当自由和忠诚发生冲突时，它会放弃道德。

据说狗的时间观念极强，每次下班回家，大白都庄严地站在院门口，两眼直勾勾地向外张望，等待主人回来。可能它心里有数，这个时候它就要结束独守的时光了。

第四辑　风范

参观延安炮兵学校旧址

2018年是宿迁籍炮兵部队奠基人朱瑞将军牺牲70周年，盛夏六月我与宿迁市朱瑞研究会常务副会长陈迅先生一起踏上了寻访朱瑞足迹、探寻延安炮兵学校旧址的行程。

延安炮兵学校是中国人民解放军炮兵的摇篮，是朱瑞将军的重要功绩之一，其诞生于抗战时期，地址在延安南泥湾桃宝峪。峪者，山谷之谓也。据其名想象，应该在南泥湾的一个山坳里。

我们不知道具体地址，也不知道旧址是否还在，只是社会组织走访，没有联系当地相关机构，我们把希望寄托在出租车司机身上。在我的经验里，出租车司机都是见多识广的，但在延安大街上拦了几辆车都不知道延安炮兵学校在哪儿，最后只好先上车再说地址了。司机说他不知道这个地方，让我们自己导航。

好在地图上还有桃宝峪村这个地名。按照导航从303省道进入包茂高速，行驶35公里，出南泥湾收费站，沿延壶公路东行7公里，车在一处山洼里停了下来。这儿就是桃宝峪村了。

天空飘着小雨，一条布满泥泞的乡道穿过一片开阔地带，左右被起伏的山丘围着，宛如一个硕大的院子，此地以“峪”命名极为形象。道路右侧一排窑洞顺着山脚展开，门前树影婆娑，掩映着洞门，几个工人正在修补装饰窑洞；大树后的大广场上几台挖掘机在平整土地，看得出这儿正在搞建设。树荫下一个大概是工地负责的人告诉我们，这儿正是延安炮兵学校旧址，现在正在整修，准备对外开放，同时要在桃宝峪建设延安干部学院南泥湾分院。

这么顺利就找到了延安炮兵学校旧址，我们欣喜若狂。

炮兵学校的大门保存完好，两尊砖砌的门墩中间连接着弧形的门楣，与我在延安革命纪念馆看到的延安炮兵学校大门照片别无二致。只是门楣上木制的“延安炮兵学校”校牌已经不在了，据说被收藏在中国军事博物馆。我和陈会长穿过这个大门，仿佛穿越数十年时光隧道，走进了那段峥嵘岁月。

延安炮兵学校最早动议于1939年。当时东北籍黄埔军校学生郑新潮面见蒋介石，强谏抗日未果，便带着6名黄埔军校同学奔赴延安，在杨家岭受到毛泽东和朱德的接见，随后党中央让贺龙安排郑新潮开始延安炮兵学校的前期筹备工作。1944年，世界反法西斯战争转入战略反攻阶段。在中国战场上，中国军民，特别是八路军、新四军也处于战略反攻的前夜。中共中央、中央军委预见到八路军、新四军即将转入攻占大城市和夺取交通要道的正规战，急切需要加强炮兵力量。因此，加速训练炮兵干部，大力发展炮兵部队，就成为当时人民军队一项十分迫切的战略任务。

1944年11月，陕甘宁晋绥联防军司令员贺龙和副司令员徐向前代表中央军委同留苏炮兵学校毕业的郭化若谈话，要他担任延安炮兵学校校长，让郑新潮辅助郭化若筹划炮兵学校教学工作。1945年2月，延安炮兵学校开始正式编班，一共编成了10个炮兵学员队，一个工兵科，一个迫击炮教导队。1945年3月15日，延安炮兵学校在南泥湾桃宝峪正式开课，因党的第七次代表大会正在举行，8月1日才举办开学典礼，典礼上，朱德、叶剑英、萧劲光、林彪等首长出席并讲话。

延安炮兵学校创办初期，郭化若任校长，邱创成任政治委员，郑新潮等技术骨干担任专职炮兵技术教员。由于过度劳累，没等到“七大”开完，郭化若就病倒了。1945年8月以后，朱瑞接任延安炮兵学校校长。

1945 年 6 月，周恩来同志通知朱瑞担任中央军委第二副总参谋长，协助总参谋长彭德怀工作。朱瑞没有答应，而是再三要求到基层单位工作。几天后毛泽东主席找他谈话，朱瑞向毛泽东吐露了要去延安炮校当教员的心声。朱瑞将军毕业于莫斯科中山大学，后又进入克拉辛炮兵学院学习炮兵知识，回国建立一支人民的炮兵部队一直是他的伟大理想。毛泽东主席非常赞赏朱瑞将军的远见卓识，鼓励他放手做，做一个桥头堡。临别时，毛泽东主席握着朱瑞的手高声说："苏联有炮兵元帅，你就做我们中国的炮兵元帅吧！"就这样，朱瑞将军进入延安炮兵学校，接任郭化若职位担任校长。

延安炮兵学校第一期 1000 名学员于 1945 年 9 月结业，被分配到五个炮兵团担任各级骨干。炮兵学校毕业证上签署的是朱瑞、邱创成的名字，盖有匡裕民、刘登瀛、李荫南的印鉴。

随着战争局势的变化和炮兵发展的需要，中央军委决定"延安炮兵学校立即迁往东北，加快炮兵建设"。1945 年 9 月，延安炮兵学校 1000 多人分三个梯队，在邱创成等首长的率领下，迅速北上进入东北。朱瑞先期乘飞机抵达沈阳等候。1945 年 10 月，炮兵学校迁徙途中接到朱瑞校长指示：令受阻的延安炮兵学校北迁部队在宣化休整待命，并筹建宣化炮兵学校。条件艰苦，就庭院当课堂，石板做黑板，老木匠拿来门板，雕刻上"宣化炮兵学校"木牌挂在门前。1946 年 3 月，炮兵学校迁至沈阳、牡丹江。1945 年 12 月后，延安炮兵学校先后更名为"东北人民自治军炮兵学校""东北民主联军炮兵学校"；1948 年 10 月，朱瑞将军在攻打义县战斗中不幸牺牲，炮兵学校又易名为"东北人民解放军朱瑞炮兵学校"。

中国炮兵的源头——延安炮兵学校，虽经 70 多年的风吹日晒，那一汪活水依然在南泥湾桃宝峪的山坳里波光粼粼、熠熠生辉。

大门里面竖立一块"八路军延安炮兵学校简介"石碑，石碑后一排 10 间依山而建的窑洞已整修一新，"南泥湾郭化若旧居""南泥湾朱瑞旧居”“南泥湾邱创成旧居”的牌子已经做好，还没有挂在相应的窑洞上。我们询问工人，哪一间是朱瑞旧居，他们也不知道，只有等有关专家来指认，才能将牌子挂上去。虽然有点遗憾，但是看到“南泥湾朱瑞旧居”的红色标牌我们已倍感亲切，仿佛见到久未谋面的亲人一般，眼前不禁浮现出朱瑞将军那高大魁梧的身影。

沿着这一排窑洞拾级而上是一排 8 间形制更大一些的窑洞，窑洞的檐上已芳草萋萋，与山连为一体。门前有一个大石碾，不为岁月所动，依旧岿然于此。这儿地势较高，站在门前整个桃宝峪尽收眼底，远处的山峦、近处的房舍、脚下的广场，一览无余。估计此处应该是办公室或指挥所，适宜领导阅兵。

广场的南侧是炮兵学校礼堂，正在整修，围挡拦着，无法进入，可以从围挡上的效果图一见端倪。礼堂前是一栋两层砖砌小楼，水纹状屋顶，特具陕北风味。维修的工人介绍，这里是炮校的食堂。

从食堂向西有小道可进入山里，一侧山崖下有几眼已经破败的窑洞，只有洞开的窑口，门窗已荡然无存，顶上草茂枝繁，洞内墙圮地湿，没有人气熏染，尽显岁月沧桑。

我正对此感慨时，陈会长打来电话，说前面发现了红楼。顺着乡道南行百余米，在一片翠绿中一座红色二层小楼赫然出现在视线里。这就是赫赫有名的中共中央管理局干部休养所。干休所主楼是一座二层木楼，俗称红楼，由张协和负责设计，三五九旅部队和炮兵团指战员负责施工，于 1943 年 3 月筹建，9 月竣工落成。毛泽东、朱德、林伯渠、续范亭、谢觉哉等先后在此休养。

延安炮兵学校旧址、干休所旧址，使桃宝峪这个小山村传承了浓浓的红色基因。虽然现在还是机声隆隆、泥泞遍地，但不久的将来当炮校旧址片区景观效果图变为实景时，我们再来寻访朱瑞将军的足迹，一定是一路坦途，一派美景。

寻访“华干”旧址

在炮兵部队奠基人朱瑞将军牺牲70周年之际，我们专程来到晋城探访当年华北军政干部学校遗迹。

到了晋城，迅速打车去晋城一中，直奔“华干”旧址遗存——原晋城崇实中学。

途中，从一则晋城一中的招生广告中觅得该校校办段主任的电话。段主任在校门口热情地接待了我们，简单寒暄后，他带我们来到晋城一中大门之侧的“华干”遗址。

1937年“华干”在晋城的办学点是原崇实中学、现晋城一中。这所学校是曾任山西省教育厅厅长的马骏先生于1929年创办的，原保留下来两排砖木结构平房，2008年因学校改造被拆除，学校老大门在段主任的一再坚持下保留了下来，矗立在两座新大门中间的绿色草坪上。老大门是一座造型独特、颇具艺术性的青灰色西式尖顶拱门，门楣上雕着“畅教化”3个大字，精巧的砖墙与周围现代化建筑风格迥异。

站在这古色古香的大门前，睹物思人，思绪飞到了半个多世纪前的战争年代。1937年底，时任中共中央北方局军委书记的朱瑞将军，利用国民军豫北师管区司令张轸的名义，通过地下党的关系在河南新乡创办了华北军政干部训练所，简称“华干”。不久因时局动荡迁到河南辉县百泉办学。1937年12月，第一期学员毕业分配之后，第二期刚开班，由于日寇逼近，“华干”又被迫搬到了山西晋城，在崇实中学校园内继续开班。“华干”学员3个月毕业，共开设4门功课：政治常识、群众工作、统一战线、游击战争。学生边训练，边做学校周围群众的工作，八路军经常派教员给学生上课，校长朱瑞亲自给学生讲游击战争和统一战线；《怎样动员农民大众》一书的作者陈沂主讲群众工作；刘子超主讲政治常识。

1938 年 2 月，华北军政干部训练所又迁至陵川县。

“华干”从成立到停办约一年半时间，共招四期学员，在陵川县平城招收了两期，先后为支援抗日战争、解放战争以及晋城人民的革命斗争培训了 2000 多名党的优秀干部，其中后来成为军级以上领导的就多达 70 余人，为中国革命做出了重要贡献。学员多数分配在太南、豫北等地战斗和工作，他们为创建太南和晋豫根据地做出了重要贡献。

第二天我们就租车前往平城镇。平城在陵川县城北 7 公里，距晋城市区 70 多公里，坐落在四面环山的山间台地，镇区寺庙众多，古建民居保存完好，是一座年代久远的历史文化名镇。我们穿街过巷，直奔位于镇北寨坡上的玉皇庙。爬上高高的台阶，只见玉皇庙山门上挂着醒目的“原华北军政干部训练所旧址”银色牌匾，门旁还竖着一块介绍“华干”的宣传牌。看到这个，陈迅先生非常激动。我们来对了，这儿留下了朱瑞将军深深的足迹，至今仍清晰可辨。

陵川平城玉皇庙是一座特殊的庙宇，估计全国难找出第二座。叫玉皇庙肯定是一座道观了，主殿凌霄宝殿当然要供奉玉皇大帝，座旁是王母娘娘塑像。但这座玉皇庙里不仅有道，还塑了佛祖和儒圣，可谓道、释、儒三教合一了。更为奇特的是，进入山门第一座大殿当阳殿里塑的是一代伟人毛泽东和开国元勋周恩来、朱德的坐像，毛泽东塑像正上方悬挂着毛体“为人民服务”5 个金色大字，门楣上的牌匾是“毛主席太行纪念堂”。大殿外围全是抗战时期八路军在平城的活动介绍。这哪是一座庙，简直就是一个红色教育基地。

参观完庙宇，陪同的师傅一定要引荐我们见一见玉皇庙的住持悟楠师父。悟楠师父听说我们来自朱瑞将军的家乡，为寻访朱瑞踪迹而来，对我们非常热情。她依托玉皇庙这个红色地标，联合山西千里平城文化旅游有限公司，正在搜集研究平城的革命事迹。悟楠师父介绍，玉皇庙在战争时期就是一所大学堂，庙内各种设施齐备，有会议室、作训科、住宿，庙后还有一个大操场。每当清晨，军号威威，口号嘹亮，百余名革命青年，在朱瑞校长和教官、教师们的领导下，开始操练，他们练刺杀、投掷、格斗；又在玉皇大殿和当阳殿讲军事、政治、指挥作战、反霸锄奸，既练就了一身过硬的本领，又武装了头脑。这所学校在朱瑞校长的领导下，为抗战一线输送了不少能征善战的将士。这一历史事件必将在革命史册上写下浓重的一笔。悟楠师父还说这些为国捐躯的英雄都是我们的神，都值得我们去敬拜。所以我们的玉皇庙就是以包容、开放的心态来对待神灵和偶像的。

悟楠师父意犹未尽，说你们来了一定要见见我们平城研究红色文化的精英团队——山西千里平城文化旅游有限公司，说着就开始联系，并相约在三皇阁碰头。

三皇阁位于平城主街北侧，始建于明朝，是平城古镇的标志性建筑。该阁建在 3 米多高的台基上，分三层，下为门洞，二、三层内外由木柱顶立，外圈有半截花墙，里外均由玲珑剔透的雕花窗扇相隔，阁顶为五脊六兽的结构。第三层塑有伏羲、神农、黄帝三尊坐像，故名“三皇阁”。三皇阁是中共太南特委和赵涂支队司令部遗址，其右侧的平房就是当年八路军的兵工厂。

我们到达三皇阁时，门口已聚集了七八个人，包括平城镇分管文教的副镇长赵永红，山西千里平城文化旅游有限公司董事长、陵川传统文化研究会副会长王黎芳。据王黎芳介绍，朱瑞将军在平城开办华北军政干部训练所，与驻扎在此地的中共太南特委和八路军第 129 师独立游击支队共同领导了太南豫北地区的抗日斗争，还在这里收获了自己的爱情。1938 年 7 月 1 日朱瑞与“华干”毕业的陈若克订婚，8 月 1 日结婚，婚礼就是在三皇阁举行的。

从三皇阁一层的门洞走进寺庙，里面是长长的院落，东西各有 10 多间厢房，青砖灰瓦，粉墙木窗，瓦楞上萋萋芳草，岁月留痕，西厢房部分已经坍圮。遥想当年这里曾指挥过对日作战，令人不禁感慨。

赵镇长说，今年是抗战名曲《在太行山上》创作 80 周年和中共太南特委成立 80 周年，镇党委、政府正筹备开展系列纪念活动，并投资修复相关旧址遗迹，让这些红色遗存成为平城的名片和亮点。

陈会长与他们交流了宿迁市开展纪念朱瑞牺牲 70 周年活动的情况，并赠送了有关朱瑞的影像资料和研究会会刊《朱瑞研究》。

时光匆匆，语短情长，三皇阁前留影惜别。我们将循着朱瑞的足迹，开启下一个行程。

在东北寻访朱瑞的踪迹

七月酷暑，我陪同宿迁市朱瑞研究会的几位领导专程到东北寻访朱瑞的踪迹。飞机抵达哈尔滨时地面温度35摄氏度，比宿迁还高好几摄氏度，冰城变成火炉了。

东北是朱瑞的长眠之地，也是他创下伟绩、留下英名的地方。因此东北凭吊、瞻仰、纪念朱瑞的场所最多。

哈尔滨：烈士陵园、纪念馆、哈飞院

我们首先来到位于哈尔滨市动力区体育街1号的哈尔滨烈士陵园。这个陵园始建于1948年，起初是专为朱瑞烈士修建的。1948年10月1日，时任东北人民解放军炮兵司令员的朱瑞将军在义县战场牺牲；10月3日，东北野战军将朱瑞牺牲的经过向党中央作了报告。毛泽东闻讯后良久未语，悲恸不已。中共中央随即发出唁电："朱瑞同志在中国人民解放军的炮兵建设中功勋卓著，今日牺牲，实为中国人民解放事业之巨大损失。中央特致深切悼念，望转告全军，继续为革命战争的彻底胜利而奋斗，以纪念朱瑞同志永垂不朽。"其中朱瑞同志的牺牲"实为中国人民解放事业之巨大损失"一句，为毛泽东亲笔所加。同时，中央军委批准将东北人民解放军炮兵学校易名为朱瑞炮兵学校。1948年11月1日，朱瑞将军的灵柩移葬哈尔滨，始称东北烈士陵园，中华人民共和国成立后更名为哈尔滨烈士陵园。

哈尔滨烈士陵园地处哈尔滨城市中心地带，占地面积 4.2 万平方米，朱瑞将军墓位于陵园中心位置，墓园占地 100 平方米，正中矗立着朱瑞将军的墓碑，碑高 8 米，呈方柱形，碑座为长、宽各 3.8 米，高 1 米的砖石结构，用汉白玉和红色花岗岩贴面。塔顶立一铁质红五星，塔身上部正面镶嵌“朱瑞将军墓”5 个金色大字，塔座正中书写朱瑞将军传略；墓前建有能容 4000 人进行祭悼活动的广场；墓园周围青松挺拔，郁郁葱葱，庄严肃穆。

我们向朱瑞烈士墓敬献了花篮，并扫墓、鞠躬表达敬意。

朱瑞墓东侧于 2003 年建成了哈尔滨革命烈士纪念馆，展出包括朱瑞将军在内的 24 位烈士的英雄事迹，其中朱瑞将军展区占较大面积，除了图文展示朱瑞将军一生的事迹，还立半身铜像一座。

位于哈尔滨市南岗区一曼街的东北烈士纪念馆，也是凭吊朱瑞将军的重要场所。这是一座洁白、庄严的古典欧式建筑，日伪时期为哈尔滨警察厅，赵一曼等烈士曾被囚禁于此。1947 年，东北人民解放军政委罗荣桓提议在此筹建东北烈士纪念馆，于 1948 年 10 月 10 日正式开馆。朱瑞的灵柩迁厝东北时最初就放置在这里，旬日之后安葬在烈士陵园。

东北烈士纪念馆内辟有朱瑞将军展区，竖立一座朱瑞将军手持望远镜、身着军装的全身雕像，除了图文介绍朱瑞的生平和事迹，还藏有朱瑞穿过的军装、戴过的手套，以及使用过的眼镜、文具等珍贵文物，这在其他朱瑞纪念地是极为少见的。睹物思人，朱瑞将军的戎马一生在眼前浮现。

下午与空军哈尔滨飞行学院校史馆馆长吕超女士相约去哈飞院参观。

没深入了解朱瑞之前，只知道朱瑞是中国人民解放军炮兵学校的创始人，其实他也是航空学校乃至空军的创始人之一。

1946 年 1 月 1 日，时任东北民主联军后方司令部司令员的朱瑞，兼任由东北局、东总在沈阳航空队基础上成立的东北民主联军航空总队总队长。此间，他全力支持东北人民自治军保安大队队长高克成立了我军第一个坦克大队，主持并接受了日本一个航空联队的起义，创建了我军第一个航空总队。航空总队成立后，朱瑞又从各部队抽调几十名干部加强航空总队建设，成立了司、政、后机关，并着手筹办航空学校，培养飞行员，为建设人民空军做准备。1946 年 3 月 1 日，东北民主联军航空学校（俗称东北老航校）在吉林通化正式成立。何长工代表中共中央、中共中央东北局和“东总”讲话并宣布了东北民主联军总司令部、总政治部关于航校主要领导干部的任命：校长由东总后方司令部司令员朱瑞兼任。可见朱瑞是我军第一个航校的创始人，也是新中国航空事业的主要创建者之一。东北老航校先后辗转移至牡丹江、东安（今黑龙江密山）、长春等地。东北老航校在短短的 3 年零 9 个月的时间里，培养出了 100 多名飞行员和 400 多名各类航空技术人员，为人民空军和新中国航空事业发展立下了不朽功勋，成为人民空军的摇篮、中国航空事业发展史上的一座丰碑。

东北老航校旧址现为吉林省通化市第二中学，在 2018 年 3 月 1 日东北老航校成立 72 周年的日子，老航校陈列室正式挂牌；黑龙江密山亦建有东北老航校纪念馆。这两处由于路途遥远，交通不便，这次没有前往。

哈飞院是由东北老航校发展而来，二者是一脉相承的。校史馆通过翔实的资料展示了东北老航校到空军哈尔滨飞行学院的发展历程，对创始校长朱瑞为中国航空事业做出的贡献给予了高度评价。

沈阳：东大营、炮兵学院

第二天我们一行四人乘高铁前往沈阳炮兵学院。

沈阳炮兵学院的前身是延安炮兵学校。

抗战胜利后，朱瑞遵照中央和军委的指示，率领延安炮校 1000 余名师生迁至东北，准备接收日军装备，组建一支新式的人民炮兵。当时，苏军迫于美蒋外交压力，不允许延安炮校从苏军手中接收日本关东军投降后遗留下的火炮装备，从而使原来的计划全部落空。面对这一变化，朱瑞迅即提出“分散干部，搜集武器，发展部队，建立家业”的16字方针，除派出少量干部到主力部队去训练成为骨干外，将全校绝大多数师生分散到东起绥芬河、西至满洲里、南自长春、北到穆陵的广大地区搜集武器。至1946年5月，共搜集各种火炮700门、坦克12辆、汽车23辆，以及大量的零配件和各种器材，为建立东北炮兵奠定了物质基础。

延安炮兵学校迁到东北后先安扎在吉林通化，其遗址位于佟江路288号，现为通化市第五中学。1946年4月因时局变化迁至黑龙江牡丹江市西北郊，炮校所属军马场至今仍在运转。1949年2月28日，由延安炮兵学校更名的朱瑞炮兵学校从牡丹江移驻沈阳东大营，后历经军委炮校、高级炮校和炮兵科学技术研究所等发展演变，成为如今的沈阳炮兵学院。

沈阳炮兵学院全名叫中国人民解放军陆军炮兵防空兵学院。2017年，陆军军官学院、南京炮兵学院、沈阳炮兵学院、防空兵学院合并组建陆军炮兵防空兵学院，总部设在合肥。沈阳炮兵学院成为其中一个校区，承担士官培训任务。

沈阳炮兵学院地处沈阳市东郊天柱山脚下的东大营，东与清太祖努尔哈赤的陵地——“福陵”毗邻。这是一座历史悠久的兵营。早在20世纪20年代初期即为奉系军阀张作霖的兵营，其后张学良将军在此创办东北讲武堂；九一八事变后日伪在此创办“中央陆军训练学校”；抗战胜利后，1948年6月，国民党陆军军官学校从抚顺迁入。

从市区到东大营大概15公里路程，我们赶到时，学校校史办主任王大校已等候在办公楼前。我们直奔主题——校史馆。炮院校史馆是一座体量很大的独栋大楼，一楼展出的都是真家伙——各个不同发展阶段的火炮、炮车、炮弹、坦克车；通往二楼的楼梯道墙上悬挂着一幅毛泽东专门为炮兵学院题写的红色巨幅标语：为建设强大的人民炮兵而奋斗。二楼正对楼梯口是一尊高大的朱瑞雕像，朱瑞昂首阔步，威风凛凛，目视远方；背景是由不同样式火炮组成的双“之”字图形，象征中国炮兵从无到有、由弱到强的发展道路。

我们在朱瑞雕像前鞠躬致敬，合影留念。

展厅分历史和现实两部分。历史部分图文展示从延安炮校到朱瑞炮校的发展过程，朱瑞一直担任和兼任校长，所以这部分相当于朱瑞的专题展。其中有一件珍贵文物：朱瑞校长签署的延安炮校第一届学员毕业证，这是王大校费尽口舌从毕业证持有人高文义后人手里征集来的。此外还有许多珍贵文物。

锦州：辽沈战役纪念馆、义县

辽沈战役纪念馆距离锦州火车站仅 800 多米路程，步行 10 多分钟就到了，大门正对云飞路。

1948 年 7 月，朱瑞参加东北军区关于发动辽沈战役的准备工作，军区领导决定要他留在哈尔滨主持后方工作，他坚决要求上前线。9 月 12 日，中国人民解放军包围义县。为了打好这一仗，在炮兵进入阵地前，朱瑞带着负责主攻任务的几个团长到前沿察看阵地。由于距离敌人据点近，他们走到哪里，敌人的炮弹就尾随到哪里。9 月 30 日总攻的前一天，他又到各团作战前沿视察，仔细检查各个炮火的射向和隐蔽情况，鼓励指战员为解放全东北立功。1948 年 10 月 1 日上午，中国人民解放军发起总攻，随着朱瑞一声令下，1000 余门各种口径的火炮发出雷鸣般的怒吼，顷刻之间，义县城墙就被撕开了一道 40 多米宽的裂口，朱瑞果断下令延伸射击，摧毁了国民党军队苦心经营的坚固工事，不到 6 小时，就将守敌全歼，活捉师长王世高，胜利拉开了辽沈战役的序幕。

辽沈战役纪念馆坐落在锦州市辽沈战役革命烈士纪念塔北侧，占地18.8万平方米，以辽沈战役军事主题为切入点，以具有纪念性和标志性的门、塔、馆建筑为主体，形成一组完整的具有纪念意义的建筑群体，主体建筑8600平方米，基本陈列设有序厅、战史馆、支前馆、英烈馆和全景画馆，陈列内容全面反映了东北解放战争历史，突出展示了辽沈战役的胜利进程。纪念馆内竖立朱瑞半身雕像一座，展板图文介绍了朱瑞的生平事迹。

在辽沈战役纪念塔西侧60米处，有一座朱瑞将军雕像，1991年11月2日落成。雕像由鲁迅美术学院贺中令教授设计，通体由花岗岩建造。炮车式的纪念碑正面镶嵌着2.4米高的朱瑞将军高浮雕头像，头像下方镌刻着伍修权同志题写的“朱瑞将军”4个红字，碑体背面铭刻着朱瑞的生平简介。这是国内最大的朱瑞将军雕像，与辽沈战役纪念塔比肩站在辽沈战役纪念馆园内，供世人敬仰。

到达锦州的第二天我们去了朱瑞将军殉难地义县。义县是锦州市下辖县，两地相距60多公里，绿皮火车行驶一个多小时到达。县烈士陵园负责人蔡玉衡开车接站并带着我们瞻仰了义县朱瑞将军殉难地遗址等纪念地。

在1948年10月1日上午攻取义县战斗中，中国人民解放军第一次集中使用火炮攻击。为了了解火炮打开缺口的情况，为下一步步兵攻城提供便利，战斗即将结束时，炮兵司令员朱瑞将军就从指挥所走出来，亲自前往城南突破口实地查看城墙被炮火破坏的情况，途中不幸触雷，壮烈牺牲，为中国人民的解放事业献出了宝贵的生命！朱瑞牺牲时，年仅43岁，他是解放战争时期为国捐躯的中国人民解放军的最高将领。

朱瑞将军殉难地遗址位于义县朱瑞小学院内，2009年7月28日，朱瑞将军殉难地碑石在此落成。碑石长11.3米，宽1.2米，高2.2米；碑铭

“朱瑞将军殉难地”由中国人民解放军原炮兵司令员宋承志将军题写。不远处竖立一座朱瑞将军半身雕像，底座上是原沈阳军区政委刘振华题写的“怀念朱瑞将军”6个大字。雕像左后方是锦州市人民政府于1960年立的朱瑞将军牺牲地文保单位碑。

朱瑞将军是为解放义县献出宝贵生命的。中华人民共和国成立后，义县人民为了纪念朱瑞将军，在烈士牺牲地竖立一块纪念碑，上书：“朱瑞将军，解放义县。不幸牺牲，人人感念。碧血丹心，昭然可见。立此碑碣，永垂风范。”1986年义县团县委又发出号召，捐款为朱瑞烈士修建烈士陵园并重建烈士纪念碑。1997年将朱瑞烈士陵园与义县烈士陵园合并，并重修纪念碑。朱瑞烈士纪念碑为砖石结构，用大理石贴面，通高6.5米，建在长12米的6阶式水泥平台上，阳面镶嵌汉白玉，阴刻杨尚昆同志题写的“朱瑞同志纪念碑”，阴面为朱瑞同志的生平。

2012年义县县委县政府在朱瑞路北侧建成占地面积2万平方米的朱瑞广场，广场正中竖立着威武的朱瑞雕塑，朱瑞身着军大衣，手持望远镜，昂首向前，英姿飒爽！基座上是伍修权题写的“怀念朱瑞将军”6个大字。

义县人民感恩朱瑞，在这座古老的县城，随处都能感受到朱瑞将军的气息。朱瑞殉难地遗址、朱瑞烈士陵园、朱瑞路、朱瑞小学、朱瑞广场，朱瑞已成为这座城市的灵魂。

每到一处，宿迁市朱瑞研究会均向当地纪念馆赠送朱瑞研究相关资料，使朱瑞的出生地和他的战斗地、牺牲地结下了深厚的友谊。

朱西甯留在宿迁的精神足迹

但凡对中国台湾当代文学有所了解的人，对朱西甯这个名字应该不会陌生。但是能知道他出生在江苏宿迁的恐怕不会太多。因为在介绍他的籍贯时，习惯说山东临朐。

2003 年莫言先生应邀给朱西甯的台湾新版小说《旱魃》作序时写道：在新加坡见到天心小姐，温良恭俭让，有大家闺秀风范，又知祖籍是山东临朐，与我的故乡高密仅百里之距，同属潍坊，于是更感亲切。可见莫言当朱西甯是老乡了。

就连朱天文和朱天心姐妹二人，也是在 1988 年跟随父亲回老家时方才得知，她们要回去的，不是从小填写籍贯时反复写下的山东临朐，而是江苏宿迁。

是的，朱西甯出生在江苏宿迁，他是从宿迁大运河畔走出去的苏北汉子，是喝着大运河水长大的宿迁人。

宿迁地处江苏北部，北临徐州，京杭大运河与古黄河穿境而过，两条源远流长的古老河流孕育了这座美丽的小城。

大运河在宿迁境内在不同历史时期曾有三个河道，即隋唐时期的通济渠（今泗洪县境内老汴河）尾闾、元明时期的黄河故道和清康熙年间开挖的中运河。黄河故道曾是泗水河道，因黄河决堤向南侵占泗水河道，白居易的诗句“汴水流，泗水流，流到瓜州古渡头”可作为当时宿迁水域的写照。清康熙十五年（1676），黄河、淮河大水齐发，泛滥成灾。翌年，康熙帝任命安徽巡抚靳辅为河道总督，专事治水。靳辅治水的重要功绩就是在宿迁开挖中运河，中运河的开凿奠定了今日京杭大运河的走势，彻底改写了大运河的历史。

中运河从徐州窑湾向东一路逶迤而来，在宿豫区闸东居委会所在地转了个 90 度的大弯，由东西走向变为南北走向，形成一个巨大的臂弯，环抱着宿迁城。可能是马陵山的缘故，黄河故道也在同一经度由东西转向南北。老宿迁城就在两条河道之间滨水而生。

这个城池在先秦时期曾用名下相，诞生过一位赫赫有名的战神楚霸王项羽，他文才武略，写下过流传千古的悲情诗篇《垓下歌》：力拔山兮气盖世，时不利兮骓不逝。骓不逝兮可奈何？虞兮虞兮奈若何！这大概是宿迁地区流传最早、最广的文学作品了。

朱西甯的祖父是山东临朐人，先在一德国人家当长工，因为很机灵，后来升任管家，跟着德国人信仰了基督教。他骑着毛驴在鲁南山村四处传教，为了能够让当时完全不识字的农民懂得并接受这个信仰，他在传教时会用中国人容易接受的传奇历史掌故和当地的风土人情故事来承载《圣经》的教义。因此他很快被视为异端，受到当地教会的排挤，进而被驱赶出去。朱西甯的爷爷带着妻子和两个儿子（其中之一是朱西甯的父亲），不知道去哪里安家，就一直往南走，直到宿迁被一个李姓地主收留。从此朱家在宿迁落了脚。

1926 年农历六月十六日朱西甯出生了。他上面已有两个哥哥和六个姐姐，他排行老九。朱西甯的家庭不同于一般的农民家庭，他们是受到西方教会影响的多少有点现代意识的新农民，他们不会做只知道在土里刨食、终身把命运捆绑在土地上的农民。朱西甯小时候，他的哥哥姐姐要么参军，要么上学，只剩他一个老幺承欢膝下，在爷爷奶奶的《圣经》故事和山东老家民风民俗的熏陶下寂寞地长大。

朱西甯的老家也不是典型的农村，而是城郊，叫城西村，当时与宿迁县城仅一河之隔，通过一座五孔桥跨过宽不过百米的古黄河就到了。

现在的城西村已成为宿迁市的市中心，连地名也不复存在了。1988年，62岁高龄的朱西甯阔别故乡39年后，重新踏上这片土地，那时城西村还是一派田园风光。他凭着记忆在田埂上找到了埋葬着先辈的祖坟，并把一座荒冢改造成水泥坟茔。2018年朱西甯之女朱氏三姐妹朱天文、朱天心、朱天衣带着导演侯孝贤来拍摄纪录片《文学朱家》时，就再也找不到记忆中的那片土地了。后来在亲戚的帮助下，才确认位于繁华商业街楚街的状元楼饭店地下就是她们祖先的长眠之所。她们在状元楼前合了影，算是寄托对先祖的思念。据说她们后来到了位于骆马湖中心的戴场岛上，才拍到父亲朱西甯笔下童年时代苏北的乡村风貌。

朱西甯少年时就跟六姐去南京读书，1949年参军随孙立人部队去了台湾，所以在宿迁自然不会留下什么故居，即使住过的房子也早已成为高楼大厦的地基。但是我相信，就像宿迁的田畴稻浪、风土人情会深印在朱西甯的笔下心中，朱西甯的脚印也会永远被宿迁大地所收藏。

毕竟京杭大运河还在。那汤汤河水依然日夜不停地流淌着，那座始建于明、重修于清，祭祀水神、祈求河清海晏的大王庙，依然端坐在运河西岸，青砖小瓦院落掩映在一片翠绿之中，俯瞰如绿枝编织的小巢。运河大桥的身姿变了，变得魁梧帅气，但位置没变，还在1938年国民党第89军第198团团长刘振黄下令征集木材和民船架起的宿迁大运河上第一座浮桥的那个位置。

毕竟黄河故道还在。黄河故道就在城西村的后头，如果朱西甯割过草，那滩头一定闪现过他挥镰的身影；如果朱西甯放过羊，那草地一定回荡过他扬起的鞭声。不过现在的黄河故道已经被修饰成花团锦簇、树影婆娑的城市公园了。

但他亲眼见过的那些古建还在。这里有西楚霸王项羽出生地——项王故里，清朝康熙四十二年（1703），宿迁知县胡三俊在梧桐巷立碑，亲自题写碑铭“项王故里”，那碑不惧风雨300余年后仍屹立在故里门前；

项羽离家之前手植的一棵槐树，吸日月之精华，历2000余年仍枝繁叶茂，生命力旺盛。始建于1897年、一直到1949年中华人民共和国成立都是宿迁城最高建筑的道生碱店还在，这座中西合璧的建筑曾经是美孚石油宿迁办事处所在地，当年出售洋油、洋火、洋碱，想象一下，朱西甯家应该在此购过物。建于1925年的西式建筑耶稣堂还在，作为信仰基督教的家庭，我相信朱西甯一定跟随父母或祖父母来此做过礼拜。还有离教堂仅一箭之遥的黉学孔庙……这些凝聚着鲜活时光和悠久岁月的所在，都可以成为我们追思怀人的媒介、寻访精神足迹的触点，完全可以弥补没有故居遗址之憾。

朱西甯祖籍山东，生于宿迁，属北方汉子，按理该魁梧高大，可他一生清癯有加，体重从未超过50公斤，晚年一头卷曲的白发，配以平静谦和冲淡的性格，简直有点江南小生的味道。因此他最初的文学偶像是张爱玲就不奇怪了。踏上军旅之途，所带物品精简到最后，书包里竟装着一本张爱玲的小说《传奇》。到台湾后辗转联系上了张爱玲，多有书信往来，被张爱玲称作“沈从文最好的故事里的小兵”，这个比喻倒有几分神似。

在我所读到的关于朱西甯的故事中有两个最令我动容。第一个是他到台湾的最初十几年从未动过置房的念头，住过一个又一个眷村，在风雨飘摇中寻找安放一张书桌的空间，也没考虑过买房。他的执念是“买什么房子，安家落户的，就不打算回去了吗？！”连家具都要买竹制的，这样回家（指大陆）的时候即便丢了也不心疼。他身在台湾，根却伸过浅浅的海峡深扎在大陆。他的小说多取材于中华人民共和国成立前的北方农村，是以这种独特的方式借助文字之船穿越时空还乡吧。我知道他的地图上永远有一个抠不去的地名——宿迁。

第二个是他的孩子都喊他“大”（读一声）。“大”是过去我们宿迁农村对父亲的称呼，这个称呼很土，现在已经消失了，以前也只在农村时兴，城里人都管父亲叫爸。朱西甯十几岁去外地读书，二十几岁参军入台，在台湾娶妻生子，夫妻都是文化人，三个女儿美若天仙，却把宿迁老岗地里生长的这个土称呼移植到台湾那个闽语的语境中。单这一个称呼就能称出朱西甯心中乡愁的重量。

朱西甯一生著作颇丰，有短篇小说集《狼》《铁浆》《破晓时分》《现在几点钟》《蛇》等；长篇小说《猫》《旱魃》《画梦记》《八二三注》《猎狐记》《华太平家传》；散文集《微言篇》《曲理篇》《日月长新花长生》等。还有三部重要"作品"即他的三个女儿朱天文、朱天心、朱天衣，都是台湾著名作家。

但无论在台湾还是在大陆，朱西甯的名气总赶不上他的成就。不过在宿迁倒几乎是家喻户晓的，他的名字频繁出现在各种史志、名人录中，位于道生碱店的宿迁名人馆里他也赫然在列。

1988 年还乡之行回台后，他开始闭门不出创作最后的长篇小说——《华太平家传》。他曾八易其稿，动辄写到 15 万字、20 万字之后觉得调子不对而从头再来。最后第 8 稿的时候写了 33 万字，他觉得好像可以继续下去。等到拿稿子重新看的时候，才发现底部竟然都被白蚁吃空了。当大家特别惋惜的时候，朱西甯淡然地说，这也许是上帝用一个委婉的方式告诉我，这个写得不够好。他又另起炉灶，从头开始，一直写到 1998 年离世为止。他预计写 300 万字，但写到 55 万字人生就剧终了。《华太平家传》的手稿终止于 1066 页，正好跟他临终时住的病房房号一样。也许是命中注定吧。

2018 年，朱西甯先生仙逝 20 周年。10 月 19 日，朱西甯之女、享誉台湾文坛的朱氏三姐妹朱天文、朱天心、朱天衣再次回到宿迁老家，在市实验小学礼堂举行文学分享会，分享朱天文的《最好的时光》、朱天心的《想我眷村的兄弟们》、朱天衣的《作文课》。

翌日参观市容市貌。其父辈祖辈生活的城市已经今非昔比，单是这古老的京杭大运河城区段就凌空飞架起 10 座大桥。来到世界遗产标识牌所在的运河五号桥，站在桥上北望，蓝天白云之下，大运河流水淙淙，清波荡漾，几排高楼点缀在远处岸边；运河大桥横亘水面之上，桥塔和悬索牵起两岸的建筑；南观，东关口和项王故里尽收眼底。

2018 年 10 月 29 日下午 7:30，朱西甯的作品《铁浆》《旱魃》大陆首发式在北京鼓楼西剧场隆重举行。举办者打出的标语是：朱西甯，最后一位民国小说家。大陆读者终于可以读到这迟来了半个世纪的佳作了。

我还是期待着他的封笔之作《华太平家传》，那里有朱西甯描绘的大运河畔的宿迁和大量的宿迁方言土语。

宿中西迁溯源

抗日战争期间，北大、清华、南开等大学西迁组成西南联大的史实几乎家喻户晓，但中学西迁的经历却鲜为人知。在那风雨如磐的战乱年代，年龄更小、条件更差的中学师生告别父老，远离家乡，谱写了一曲战时教育的悲壮之歌。

1937 年 7 月，抗战全面爆发。11 月，江苏省教育厅通知各省立中学一律停办，学生回家听候通知。翌年春，江苏省组建两所联合中学，一所设在涟水，以省宿中和省淮中为主；一所设在盐城，以省盐中为主。开办不久，局势进一步恶化，省府遂决定将两所联中合并西迁，任命宿迁中学校长章继南为联中校长。1938 年 4 月 16 日，400 余名师生在省教育厅领导和章继南校长的带领下，从淮阴乘船至邳县运河火车站，改乘火车至武汉，随即去偏远的沙市办学，校名为江苏省立联合中学。当时，为远离敌人炮火，躲避敌机轰炸，校园设在偏僻的地方，校舍借用祠堂、庙宇或空旷柴房，再添盖若干茅寮草棚，作为教室或宿舍。教室有窗户无玻璃，宿舍是双层床的大通铺。餐厅有桌无凳，茅棚是用毛竹打桩，以竹片编成篱笆，糊上泥巴做墙，屋顶覆盖稻草，仅能遮蔽风雨。具体地址现已不可考。

约半年后，武汉局势紧张，1938 年 10 月 18 日，全体师生乘船离开沙市，于 11 月 2 日抵达重庆南岸区野猫溪，学校遂更名为江苏省立旅渝联合中学，仍由章继南任校长。1939 年 5 月章继南先生因故去职。是时，教育部欲将江苏联中并入国立第十二中学。当时顾祝同、吴稚晖及在渝的江苏知名人士冷御秋、江问渔、薛翘东等都力主省办，不让江苏仅存的一所省中消失。1939 年 6 月 1 日，省厅委派曹中权先生为联中校长，约于 1940 年初，将学校更名为江苏省立旅川临时中学，其后武海楼、黄作舟先后任校长，直至抗战胜利迁回宿迁。

江苏省立旅渝联合中学校址在重庆南岸区野猫溪，现为重庆第三十八中所在地。2016 年 7 月 12 日，我与宿迁中学副校长袁东升、办公室主任朱麟冒着酷暑前往重庆探源宿中西迁故地，重庆第三十八中校长陈志荣等校领导热情接待了我们。汽车过大街钻小巷，七拐八弯，来到一处坡地，一截矮墙和一幢青砖小楼组成一条通道通向大门，大门只剩门框，门楣斑驳，没有校名、校牌；青砖小楼墙圮窗残，矮墙上各种体育项目手绘清晰可辨，昭示着这里曾是一所学校。陈校长介绍说，三十八中已于两年前易地弹子石新建，这里被香港一家地产公司征得，正待开发。幸好我们来得及时，老三十八中虽已废弃，但学校模样还在，站在位于高处的大门口，俯瞰层次错落、绿树掩映的校园，我的思绪闪回到 70 多年前的战乱岁月，那时宿迁中学第三任校长章继南正在这里续写战时教育诗篇。校园的一隅一幢民国风格浓郁的两层小楼完整地矗立在那里，青砖红砖交错，一半楼体已被爬山虎严实覆盖，只露出门窗，沧桑中透出时光的坚韧。这可能就是章继南先生当年办学的故地，宿迁中学在风雨飘摇中的居所。可惜的是不久的将来这里将被高楼大厦所取代，历史的痕迹会被完全抹去；万幸的是我们来得及时，还能在这里留影纪念，否则连寄托追思的地方都没有了。好在重庆第三十八中一直以江苏省立旅渝联合中学为其前身，并取得不俗成绩，先后被评为“全国科技活动示范学校”“全国青少年校园足球活动布局学校”“重庆市文明礼仪示范校”“重庆市德育先进集体”“南岸区示范学校”“南岸区最佳文明单位”。所以，我们此行伤感中又倍感欣慰。

1939 年章继南去职江苏联中后，受四川省教育厅委托，在江津创办陶瓷厂和四川省立江津窑业技术学校，不少宿中师生随章校长前往谋职，其中著名的教师有朱树铭、苏葆桢、盖步洲等。窑业学校选址在江津县城对面中渡街左侧的大面坡，这是当时全国唯一的窑业学校。校园占地约 30 亩，学校除教室、办公室、宿舍、食堂等设施外，还附设有理化实验室、雕刻绘画教室以及专供学生实习用的窑瓷车间和厂房。

1944 年 3 月 23 日，冯玉祥将军来江津为抗战募捐，特地到了窑业学校，并用“丘八诗”给学校题词：“江津县北岸，窑业学校在。校长本姓章，办的事不坏。瓷器样样有，花样也可爱。学生固努力，老师更俭勤。这种好事业，应当教人民。大家都会做，器物用不尽。继南章校长，可谓苦用心。”这段历史被记录在《冯玉祥自传》第二卷《我的抗战生活》第十四章“献金琐记”中，书中这样记述：

> 江津对岸有一个瓷业学校，校长章继南，他是日本留学生。这学校是四川省立的，有一位画家（注：指宿迁籍著名画家、有“苏葡萄”之称的苏葆桢），画得很好，他烧的一种酒壶，叫鸡鸣酒壶，一倒酒吱吱地叫，很响，这是一种独出心裁的办法。我把史蒂芬逊（美国陆军部长）送我的有国父孙中山和林肯像的邮票给他看，他照着那个像放大烧了一个瓷心，还有两个瓷像，烧得很好。我请他多烧了些，送了几十个给蒋先生，预备他送外国朋友的。

冯玉祥将军对章继南校长创办窑业学校所取得的成绩进行了热情的称赞，还留下“收复失地”的题词，师生们把冯将军的题词烧制在一个瓷盘上，该瓷盘现存于绵阳职业技术学院。

冯将军的题词落款日期是“三三、三、二三”，当时绵阳职业技术学院得到这个瓷盘误以为是 1933 年，遂把学校创始日期定为 1933 年，其实那个“三三”是民国三十三年即 1944 年。这是一个美丽的错误。1931

年夏，毕业于东京工业大学陶瓷专业、曾任江西省立景德镇陶业学校（景德镇陶瓷学院前身）校长的章继南先生就任宿迁中学校长，1933 年将学校更名为“江苏省立宿迁玻璃科职业学校”。这所学校乃是绵阳职业技术学院的前身，1933 年是其创始元年。错得恰到好处，让人感叹冥冥之中是不是有一种必然联系。

江津窑业技术学校历经多次易址易名，发展演变为现在的西南科技大学和绵阳职业技术学院。西科大的网站上是这样介绍自己的：西南科技大学溯源于 1939 年抗日战争期间创办的四川江津窑业技术学校与四川省立高级农业职业学校。可见其与宿迁中学的渊源。绵阳职业技术学院说得更直接：学校起源于 1933 年创办的江苏省立宿迁玻璃科职业学校。1937 年，因抗战原因内迁，途中与苏北联合中学合并为“江苏省后方联合中学”（现江苏省宿迁中学）。1938 年与重庆陶瓷专科学校合并成立江津窑业技术学校。川东解放后，学校迁至重庆。随后数易校址，几番更名，1974 年搬迁到绵阳并定于现址。

2016 年 7 月 14 日，我们从重庆经成都辗转来到有中国科技城之称的四川省第二大城市绵阳。绵阳职业技术学院的校车径直把我们拉到游仙区仙人路一段三十二号学校所在地，这里位于风光秀丽的富乐山麓，流水潺潺的芙蓉溪蜿蜒而过，校园内绿荫成行，树影婆娑，环境十分宜人。副校长钟志万、“两办”主任杨建国、宣传部长曹武军、秘书科长唐应平热情地接待了我们。宾主双方分别介绍了各自学校的发展历史和建设成就，特别就章继南先生创办“江苏省立宿迁玻璃科职业学校”和“四川省立江津窑业技术学校”的历史进行了深入探讨和交流。副校长袁东升就宿迁中学建校 90 周年庆典向绵阳职业技术学院发出诚挚邀请；钟志万校长表示，两家同根同源，理应多多来往。座谈交流结束后，钟志万校长陪同参观了该校校史陈列馆、机电工程系数控车间、3D 打印等实验室和位于学校附近的富乐山、科学公园。看到校史馆里对大成殿、章继南和江苏省立宿迁玻璃科职业学校的介绍，我们感到由衷的亲切和高兴。

绵阳职业技术学院虽然经历了从部属到地方管理的阵痛，但秉承前辈艰苦创业的精神，仍然走上了发展快车道。学校目前占地面积 50 余万平方米，固定资产总值 6 亿元，现有在校学生 13000 余人，开设 50 余个高职本、专科专业，先后获得“国家示范高等职业院校”“全国职业教育先进单位”“全国社科工作先进单位”“四川省最佳文明单位”“四川省普通高校毕业生就业工作先进单位”等 50 余项荣誉称号，已跻身全国龙头高等职业技术院校之列。

走在绵阳职业技术学院幽雅的校园里，我竟然有些激动。宿迁中学从 1927 年创办，一直薪火相传，文脉流通；非但如此，还在祖国的大西南流出两条波澜壮阔的支流，这是宿中的骄傲，也是宿中人的骄傲啊！

盖会计

盖会计名叫盖步英，今年 84 岁，20 世纪 50 年代参加工作，先在古城乡做小学教师，两年后调入马陵中学任会计，1962 年调进宿迁中学工作，直至退休。盖会计小时候家住河清街，就在宿迁中学墙外面，目睹了宿迁中学的变迁。

我一直认为老校友就是学校的活化石，他们的亲身经历就是学校的一部活历史。退休后又被请回来筹备 90 周年校庆的陈家安老师说那周周六要去拜访盖会计，我求之不得。

周六下午 2:30 如约敲开盖老家门。我想象中的八秩老人应是白发苍苍、弓腰驼背、老态龙钟的，哪知开门的却是一个面色红润、身材硬朗、剪着时尚蘑菇头的女士。我初以为这是她的家人，待会儿会从屋里搀扶出另一个老人来，未曾想这位女士还没等我们落座就打开话匣子，不用别人介绍，这位就是盖会计了。

盖会计先从她亲历的学校 60、70、80 年校庆谈起。盖会计思维灵活而缜密，说起话来头头是道。

盖会计说起宿迁中学如数家珍，不但因为她本人在宿中工作了大半辈子，她的家人也大都与宿中结缘。她说最难忘的是她的大哥。她大哥名盖步洲，宿迁中学第三任校长章继南任职时，就读于宿中玻璃科职业班，与著名画家苏葆桢是同学，因品学兼优深受章继南校长的喜爱和器重。1938 年宿城沦陷时，400 多名师生随章校长西迁，盖步洲、苏葆桢和另外一名同学身份旋即由学生变为职工，协助章校长组织好战时流动学校的管理。可惜他英年早逝，年仅27岁就因病客死他乡，临终前也未能与家人见上最后一面。

提到日本帝国主义的侵略，盖会计仍难掩心中的义愤，她家多人命丧日本侵略者之手，她曾目睹三哥被日军炸弹炸死的情景。1938年5月19日，日军多架次飞机轮番轰炸宿城，其中一颗炸弹就落在盖会计家过道屋里，三哥被当场炸死，年仅5岁的盖会计藏在堂屋，躲过一劫。当时好几颗炸弹落在河清街南侧的宿迁中学校园，爆炸之后，大火连天，不少建筑毁于一旦。

盖会计的二哥、知名军旅作家盖步瀛也曾就读于宿迁中学。盖步瀛，字曼天，1923年出生，抗战爆发后从宿迁中学肄业，赴徐州参加第五战区抗敌青年军团，军训后即被选送到鸡公山由田汉领导的艺术队学习话剧表演，后到台儿庄等战地进行慰问演出。1938年秋至1941年夏，先后在江西青服团、宣慰团、建艺、音教会、文山等5个剧团演出抗战话剧，通过文艺参与到伟大的抗日战争之中。中华人民共和国成立后，根据其在云南边陲的剿匪经历创作了长篇小说《茶——发生在香格里拉的故事》，根据宿迁籍台湾老兵魂归故里的故事创作了电影剧本《古城圆梦》。

盖会计与著名电影人、革命文艺家、谢铁骊的夫人王遐是少年伙伴，一直过从甚密。王遐幼年丧父，家境贫寒，母女俩靠为蔡氏祠堂看门的微薄收入勉强糊口。当时盖家经济条件尚好，经常接济王遐一家。1942年秋天，侵华日军对淮海抗日民主根据地进行疯狂大“扫荡”，王遐通过地下党组织回到家乡潜伏，进入日本人在蔡氏祠堂创办的伪宿迁中学学习，时称“打埋伏”。当时盖会计在蔡氏祠堂对面的美国教会创办的培贤女中读书，两人时常来往。在随后几十年的革命生涯中，王遐老师主要通过盖家保持着与家乡宿迁的血肉联系。2005年谢铁骊从影55周年之际，中国电影出版社编辑出版《谢铁骊八秩影画集：纪念谢铁骊从影五十五周年》，谢铁骊、王遐亲笔签名，题赠盖步英、洪华夫妇。2015年

6月19日，谢铁骊老人走完了90年的人生道路，盖会计之子洪声代表全家前往吊唁，带去家乡人民对逝者的哀思，以及对生者的问候。其后，盖会计经常与王遐老人通电话，共忆旧事，共叙生活。

盖会计思路清晰，记忆惊人，快人快语，滔滔不绝，讲到高兴处爽朗大笑，提及沉痛事埋首静思，不用我们发问，她就竹筒倒豆一般将己所知和盘托出，她不但对学校教职员工相关情况知之甚多，就连历届学生突出者也能随口道出其姓名、陈述其事迹。想想自己在宿中工作亦有20余年，对校史、同事、学子又能知道多少呢？若干年后，老之将至，还能存留多少呢？思之，不觉汗颜。

手抄本倪瑞璇诗集获得始末

刘子静先生又名刘少平，宿迁宿城人，明朝抗倭名将刘荣后裔，与其兄刘子振、其弟刘子简并称“刘氏三杰”。刘先生毕业于江苏省立第六师范，先后任教于宿迁县立第一高等小学、宿迁县立初级中学、宿迁县立师范学校。1948 年始，在江苏省宿迁中学任教，1965 年春离休。刘先生从教 40 余年，能胜任各科教学，琴棋书画皆通，尤擅长数理化。教学之余喜吟诗，一生创作古诗词数百首。1938 年 11 月日军侵占宿城，他流落他乡，以“感怀”为题赋诗表达思家忧国的情怀：“朝来南望远山斜，遥指马陵是我家。咫尺路程归未得，苍茫原野痛弥加。连天烽火阻鸿鲤，遍地荆榛走豕蛇。欲解离愁出里巷，闲寻村老话桑麻。”

民国二十九年（1940）他在陈圩任教时，在鲍圩叶君族兄书房内发现嘉庆钞本倪瑞璇诗稿，即借回与《箧存诗集》核对，得数十首，编为《箧存诗续集》，同时编出《倪瑞璇年谱》，与原宿迁刊本《箧存诗集》一并收录，作序保存。中华人民共和国成立后，他将 3 种资料编为一册油印，于 1962 年赠宿迁县政协珍藏。

2016 年 5 月 5 日，我在《宿迁晚报》发表了一篇专访刘子静先生之子刘为泰先生的文章《刘为泰伤感忆宿中》，谈及刘先生的收藏和著作未能传世，颇为遗憾和伤怀。此文经由网络传播后，引起了新沂市网友钟吾道人的关注。2016 年 11 月 21 日，钟吾道人在宿迁论坛和西楚网发帖询问：原宿迁中学老师刘子静和刘少平是不是一个人啊？帖子发出后未得到回复。我上网不多，没有及时看到这个帖子，差点造成了新的遗憾。

好在钟吾道人是个有心人和热心人，他通过《宿迁晚报》留的信箱联系上编辑，要到了我的电话。

2016年11月24日，我接到钟吾道人从新沂打来的电话，说他几年前在徐州户部山古玩市场淘到的一个手抄本，很可能就是刘子静手书的倪瑞璇诗集。听到这个消息我很兴奋。刘子静先生的遗作不仅是宿迁中学珍贵的校史实物，更是宿迁文史研究的重要资料。我当即加他微信，让他拍几张照片传来。看到那清劲有力的小楷，我已在心里确认这就是失传几十年的刘子静先生手书倪瑞璇《篋存诗集》及续集。但是我从未见过刘先生的笔迹，不敢贸然下结论。我把图片传给刘为泰先生辨认，他给出了让人欣喜的定论，这确实是他父亲的手迹。得到确认后，我立即与钟吾道人联系，2016年11月26日，我带着刘为泰等一行数人驱车前往新沂。见到真迹以后，刘为泰先生进一步确认，这个藏品就是在“文革”中失传的刘子静先生的手抄本，除了封面缺失，内页秋毫无损。我原本的期望是能够得到一份复印件放在校史馆里，没想到钟吾道人慷慨割爱，以较低的价格将这个珍本转让给了我。他说，这个东西放在我们这儿无疑比在他那儿更有意义。非常感谢这位在新沂铁路医院工作的古玩爱好者。

得到这个珍品我自然欣喜若狂，但接下来又有担心：孤本难藏啊，也不利于它的流传。跟在江苏古籍出版社工作的学生王清溪聊天时提及这个话题，他说可以印制成宣纸线装礼品书，既保存了原书的风貌，又便于收藏。一语点破梦中人，遂请曾在宿迁中学担任过教师的江苏省书协常务理事、宿迁市书协主席张守跃先生题写书名，交由印刷厂刊印。

附：

刘子静（少平）《箧存诗续集》后记

余髫龄时家兄子振尝以倪女士之近体诗授余，诵读之际，心窃好之，然第知女士为吾邑清初时一女诗人而已。嗣读《徐州诗征》《清诗别裁集》见所选女士诸作，浸淫风雅，步武汉唐，裒然冠诸家；且民族思想、革命精神流溢于字里行间。始知女士匪特为吾邑闺秀之能诗者，盖乃一富有民族思想之女英雄也。惜其生平撰述诗、古文辞，当时多付焚如，所余诗稿仅二百余首，现存者尚不满百篇。

前年夏，宿迁文献委员会成立，其宗人倪培出家藏遗稿，请于当世，刊为《箧存诗集》。借以表扬前贤而昭来兹，女士诗集始得公于世。宿城沦陷，余避地邵东，馆于陈圩，课余时辄手女士诗集吟诵之，依依然不忍释。每谓女士诗存者此寥寥数十首耳，未窥全豹，深以为憾。

庚辰夏，余游于上岭，因叶君寿萱得阅其族兄所藏之女士诗嘉庆钞本，计百有余首，且率多为《箧存诗集》之所无者。不禁欣喜欲狂，如获连璧。余固非善诗者也，今竟得此奇遇，岂殆如欧阳永叔氏谓物常聚于所好者欤？因假归笔录之，汇为续编，附于原集之末；并稽诸邑乘及女士诸作暨《行略》等篇为年谱，次于篇首；俾后之览者有所考证焉。

嗟乎！当满清初入中原，爱国志士终日奔走呼号，思欲驱彼索虏，复我河山，卒莫能与之抗围。专制之淫威，蔑以加矣。而女士以一深闺弱质，竟能具有种族观念、革命思想，怀离黍之悲，报复仇之志；慷慨激昂，发之于诗歌。百世之下，读其所作，使人爱国情绪油然而生。谓女士非为富有民族思想之女英雄可乎？！

中华民国二十九年八月乡后学刘少平谨识

宿中老校友罗弗章

年前陈斯奎打电话给我，说要了解宿迁中学的校史，有个人你不能不见，他叫罗弗章。

拜访罗老的地点定在宿中老校区华夏乒乓球馆。罗老爱打乒乓球，每天上午 8 点准时到球馆练球。8:30 我们如约而至时，罗老激战正酣，和他对垒的是 82 岁的生物老师毛伯钧。两位 80 多岁的老人，竟然削搓抽旋，手法轻巧，步态灵活。罗老谦虚地说，70 多岁才开始学打乒乓球，打得不好。

说明来意后，罗弗章老师欲言又止，似乎不愿谈及过去。他有苦衷。罗老解放前就在宿迁中学工作，但他不但没有享受离休待遇，退休时还是校工身份。解放后在宿迁中学做过教务员，做过实验员，也在油印室工作过。1985 年调职宿迁师范，师范学校不了解罗老的过去，退休时就按工人身份办了手续。

宿迁中学在抗战胜利后到中华人民共和国成立这段时间频繁更名，有点乱，地方志记载也不太明晰，可能只有亲身经历过这段历史的人才能厘清各种原委。罗老求学、工作先后三进三出宿迁中学，他的记忆就是一部活校史。

据罗弗章老人回忆，他是 1943 年随父亲从上海回到宿迁的。为什么从大城市回到小地方？父亲从事什么工作？他不愿提及，问他父亲名讳，他也缄口不言，只是低沉地自语一句：我没想到我父亲是从事地下工作的。这可能是他的又一苦衷吧。没有人知道他父亲的真实身份，“文革”

中罗老因有一个做过国民党干部的父亲而受到了冲击。

1945 年日本投降后，宿城由根据地地方政权接管，是年 11 月在蔡氏祠堂创办淮北二中，聘请原淮北苏皖边区行政公署创办的淮北中学校长任崇高担任淮北二中校长。罗弗章老人回忆，任崇高校长当时虽然已 65 岁高龄，但仍然风度翩翩、美髯飘飘、腰板挺直，仙风道骨中洋溢着知性气息，深得学生崇敬。

罗老师从 1945 年进入宿迁中学读书，直到 1951 年报名参加志愿军，前后断断续续达 6 年之久。后来虽然名义上是学生，但基本是半工半读，参与学校事务，亦享受每月 45 斤粮食的职工待遇。

1946 年国民党占领宿城，淮北二中师生随军撤出，国民党政府于当年秋继续开办“宿迁县立中学”，陈耀洲担任校长。1948 年夏，宿迁全县解放。人民政府继续办学，校名为“雪枫中学宿迁分校”，总校在泗宿县蔡破圩（现埠子镇蔡破圩村）。雪枫中学原为江淮区委创办的江淮公学分校，公学停办后改制为雪枫中学，吴季讷任校长、吕达夫任副校长。宿迁分校由总校统一管理，教务主任张端具体负责，开学典礼等重大活动师生都要统一结队徒步前往总校参加。罗弗章老师回忆，开学典礼上副校长吕达夫慷慨致辞，中英文交替使用，洋洋洒洒，侃侃而谈，师生颇受震动。中华人民共和国成立后，吕达夫调任安徽黄麓师范学校任副校长，后任安徽教育学院副院长。

中华人民共和国成立前后宿迁中学先后 6 次易名，1949 年 1 月，学校更名为“宿迁市立中学”；1949 年 5 月 25 日，苏皖第六行政区改为淮阴行政区，随区划调整学校再更名为“淮阴行政区立宿迁中学”；1950 年春，再更名为“苏北宿迁初级中学”，属苏北行署区管辖；1951 年底，学校再迁址城南学宫；1952 年 9 月，学校增办高中班，易名为“苏北宿迁中学”；直到 1953 年才由省政府下文确定“江苏省宿迁中学”校名。这段时间罗弗章老师一直在宿迁中学学习和工作，亲历了多次更名的过程，所以很容易就厘清了前因后果。

1951年罗老前往华东人民革命大学学习。革命大学是中华人民共和国成立前夕，党中央鉴于中华人民共和国成立必须要有自己的干部队伍去接收旧政府而创办的，当时华北、华东、西南、中南、华南、东北各大行政区先后都成立了革命大学，大量吸收知识分子入学。华东人民革命大学成立于1949年5月，在江苏丹阳新丰镇一带筹建，校长由华东局宣传部长、华东军区政治部主任舒同兼任，副校长是原渤海区党委副书记刘格平。罗老入学仅3个月朝鲜战争爆发，满腔爱国热血的罗老积极报名参加志愿军，政审时凡有过高等教育经历的青年都被留了下来，罗老顺势参军，没有再回革命大学就读；一年后转业回地方，经过淮阴师范短期培训进入宿迁中学工作，直到1985年调往宿迁师范。

在宿迁中学工作的30多年里，罗老做过教务员、实验员、广播员、油印工，无论做什么工作他均认真负责，力求完美，据说他的钢板字刻得非常漂亮，深受师生好评。罗老伴随了仲执庵、吴逸云、吴希桥、金子尧、刘春杰五任校长。他说，中华人民共和国成立初期的每一任校长都是学识渊博、品行高尚的知识分子，由省教育厅统一分配而来。印象最深的一件事是吴希桥校长来宿中报到，学校给他安排3间瓦房做宿舍，吴校长问：老师都住这样的房子吗？总务主任说老师住的是草房子。吴校长又问：老师每人都住3间房子吗？总务主任说：你不是带家属吗？吴校长说：我家属是宿中职工吗？不是，凭什么给他们安排住房？他们自己到校外租房子住。最后吴校长选择了办公楼楼梯间的一间房子作为宿舍。

罗老说，这些革命干部的无私品德对自己的一生影响很大，即使自己在“文革”中受到不公正待遇，他都毫无怨言，一直乐观生活、工作。这可能就是他虽已八十有五，仍然腿脚灵活、思维敏捷、记忆惊人的原因吧。

筹办刘家魁诗歌吟诵会

2018年4月的一天，青年诗人张益军给我打电话，说准备近期筹办刘家魁诗歌吟诵会，邀我一起策划一下。这是好事，我一定倾尽全力，尽己所能。

刘家魁老师是我市具有全国影响的著名诗人，2017年7月他的第二故乡吉林省吉林市在江城大剧院举行过一场刘家魁专场诗歌吟诵会，盛况空前，影响很大。当时周永文等宿迁籍诗人看了实况录像后，就说，刘老师的家乡也应该搞一个这样的活动。

时光荏苒，不知不觉大半年过去了，现在张益军先生重提此事，自然得到了许多诗歌爱好者、刘家魁老师粉丝和朋友的热烈响应。张益军和许蒙上门征得刘老师的同意，并大体讨论了举办吟诵会的思路。随后几个人做了简单的分工，周永文负责全局协调，张益军负责设计整体方案，许蒙负责邀请嘉宾、发帖招募朗诵者，王刚负责后勤保障，泗阳本地头条总经理谢友谊负责媒体宣传，我负责联系场地。

这次活动虽然冠名市文联和市广电总台主办，但实质上还是纯民间行为，所有参与者均为志愿服务，连演员的服装、化装都是自行解决，没有报酬，都是义务劳动。

场地、音响和屏幕是重头戏，这个问题解决了，吟诵会才有着落。我向宿迁中学校长王孝玲做了汇报，希望能借用宿迁中学宣德报告厅作为刘家魁诗歌专场吟诵会的场地，王校长爽快地答应了，并让我联系校党委副书记王勋具体安排。宣德报告厅音响、屏幕、钢琴等设备一应俱全，能容纳650名观众，离刘家魁老师家又近，是个非常理想的场地。

为了便于联系，我们建了一个微信群。朗诵征集帖发出后，诗歌爱好者和朗诵爱好者踊跃报名，不到一周，群里人员已接近40名，选定朗诵篇目多达28篇。地方有了，人有了，剩下的就是确定时间了，万事俱备只欠东风了。

5月1日张益军将活动方案发了过来，从指导思想、主办单位到人员安排、活动流程，一应俱全，可操作性很强。

正当吟诵会有条不紊地有序推进时，5月6日突然传来张益军生病的消息。他生病住院后，有人传言吟诵会可能要取消了。

我们虽然是临时搭建的草台班子，但是既然决定了要做的事，就要善始善终把它做好，决不留有遗憾。5月15日上午，周永文、许蒙和我相约去刘家魁老师家确定此事，决定于5月20日在听蝉居进行第一次彩排，5月31日现场彩排，6月2日周六下午2:30至4:30正式举行。其他一些相应事项也做了具体安排，由王刚撰写主持稿，曹志成联系宿迁论坛吴天祥总经理确定赞助，许蒙请宿迁市文联主席仲向阳题写会标，我联系王江、杨雪逸主持和杜永昌主席现场拍照。

5月20日第一次彩排时只到了12个人，有七八个请假的，还有一些报名的杳无音讯。说实话，当时我对吟诵会能否如期举行心里是没有底儿的。彩排结束后立即在群里发消息，凡是缺席5月31日现场彩排的一律做放弃处理。5月31日晚7点最后一次也是唯一一次现场彩排如期进行，海明、王江、张凤、谢友谊、杨雪逸等专业人员悉数到场，共有19位朗诵者进行现场彩排；还有几位确因有事不能到场，但表示6月2日那天一定参加；张炫炫参加了彩排，但正日子因事走不开，临时改由宿迁中学徐玲玲替代。至此我们几个人的心才放下来，这事肯定成了！

6月2日下午，由宿迁市文联、宿迁市广电总台主办，宿迁中学、宿迁论坛、泗阳本地头条、速文艺承办的“自然之诗——刘家魁诗歌吟诵会”在宿迁中学宣德报告厅华彩上演。齐诵、对诵、独诵、演唱等22个节目精彩纷呈。虽多为业余选手，但效果出奇的好，或激昂，或温婉，或深情，或沉痛，声情并茂，高潮迭起，掌声阵阵，营造出动人心弦的艺术氛围！著名诗人、吟诵会的主角刘家魁，宿迁市文联主席仲向阳，宿迁市广电总台台长毛峰，宿迁市社科联调研员、诗人陈法玉，市报业集团副刊部主任、作家胡继风，宿豫区作协主席周永文，宿迁中学党委副书记王勋，宿迁论坛总经理吴天祥，泗阳本地头条总经理谢友谊，专程从徐州赶来的中国矿大教授、宿迁中学知名校友萧庆元先生及其夫人张飞燕女士，以及刘家魁老师的亲朋好友、宿迁本土诗人和宿迁中学部分师生现场聆听了吟诵会。盛况虽不及吉林举办的专业，但效果绝对值得称颂。

在《洪泽湖畔》重走青春

汽车行驶在中国最长的高速公路——连霍高速上，一个个村庄，一座座城市，被甩在身后。

宿迁至张掖，2000多公里的路程，飞驰的速度难敌漫长的旅途。20多个小时车程所形成的空白，我用王清平先生的鸿篇巨制《洪泽湖畔》来填补，426页分配到里程中，5公里才摊到1页。所以，还没到张掖，我已穿越时光，从洪泽湖畔那个叫石台的村庄走了出来。

这一趟我不只是去张掖丹霞国家地质公园旅游，同时在长篇小说《洪泽湖畔》里重走青春。

小说以出生于20世纪60年代初的牛青山人生轨迹为主线，史诗般地再现了改革开放前后苏北农村波澜壮阔的生活画卷。

那里有我熟悉的生活场景。田间劳作，社场戏耍，村头小巷乘凉，下放户家听广播，割草，喂牛，锄地，赶集，大集体时代懒散、穷困的生活一一展现，如在目前，形同亲历。那一段生活方式从人间消失了，但永远存留在五六十年代出生者的心间。作者还把特定时代的生活场景与洪泽湖畔水乡泽国特有的环境结合起来，营造了浓浓的乡土气息和淡淡的乡愁韵味，读来令人动容。

主人公牛青山的奋斗历程浓缩了一代人的人生足迹。艰苦的乡村生活，艰难的求学历程，艰辛的补习生涯，不太坚定的奋斗目标，最后幸运地跳出农门，开启了不同于父兄的人生道路。我相信许多从那个时代走过来的人都有着与牛青山类似的生活经历。我就是其中之一。高考落榜后回到农村，参与到生产队的集体劳作之中。干农活需要一定的技术和技巧，初出学屋，笨手笨脚，挣不到工分，看不到前途。好在那时县里给接近高考录取分数的考生以复读重考的机会，发了补习班录取通知书，我们才有了跳出农门的机会。牛青山的经历就是作者王清平的经历，也是读者我的经历。我在颠簸的汽车上读着牛青山在县城补习寄居在耿大爷家的艰苦又尴尬的日子，数度落泪。那也是我酸涩的青春记忆啊！

小说中的几段爱情故事读来让人唏嘘。爱情是人类最美好的感情，但并非所有爱情都有着美好的结局。牛青山与秀菊之间由朦胧到清晰、由无意到有感情的爱情，终因功利原因而断送，美好的爱情最终还是毁了秀菊，导致她寄身异乡，生死不知。同样被爱情毁了一生的还有秀月。她与文化背景完全不同的南京下放户王全之间的爱情一开始就注定是悲剧结局，但纯朴的乡村姑娘一生都对这份爱情抱有幻想，生活的磨难始终没击破爱情的虚幻。这是悲剧中的悲剧。唯一结成正果的是牛大山与石秀云，但婚后美好的爱情掺进油盐酱醋和小叔、婆媳关系，就像一幅漂亮的山水画挂在厨房里，烟熏火燎之后难免落满尘灰。这才是真实的乡村爱情故事，前村后庄都有的爱情故事。

我觉得《洪泽湖畔》最精彩、最深刻的是作者以细腻的笔触似乎是轻描淡写却又力透纸背地揭示出农村固有的各种矛盾冲突。乡村并非处处皆是田园诗，农民也并不都是纯朴的。小说着力描绘的是孤门小姓牛家与大家大户石家之间的矛盾冲突，作者通过两姓之间此起彼伏的反复较量，表达了对以家族为纽带所形成的乡村社会结构的反思与批判。小说毫不留情地勾画了石台村村民身上沾染的种种陋习甚至丑恶，石大坚的老谋深算，石大强的泼皮无赖，石大虎的自私自利，石小虎的无情耍横，他们身上农民的纯朴与善良被胸无大志、亲情缺失、目光短浅、自利自私所掩盖。这不是抹黑，这是乡村生活的真实写照。田园深处有肮脏，纯朴背后藏狡黠。不只是洪泽湖畔的石台村，细察我们生活的村庄，是不是也都这样？批判的目的是唤醒，反思的结果是改变。只有加快精神文明建设，才能彻底改变乡村的面貌和风气。

没有那段生活阅历的人读《洪泽湖畔》也许像读一本小说，但是我读来完全没有虚构的感觉，我觉得我是在读作者的亲身经历，那段与我非常类似的经历。在这本书中我闪回到曾经的岁月，重走一遍艰涩的青春。

侍邱七老

依稀记得，大概是2016年7月的一天，我正赋闲在家享受暑假，一位老者打电话过来说要见见我，有个忙要我帮。老者是我初中母校宿豫区侍岭中学的美术老师蔡祖铎，没教过我，但学校墙上都是他手书的美术字，所以我认识他。我也没问是什么事，就答应下午3点在听蝉居见面。

我早早在听蝉居门口等候，3点没到蔡老师就拎着一个布包到了，步履有点蹒跚，布包好像很沉的样子。陪同他的也是一位老人，高高的个儿，我一眼就认出是我在来龙高中的同事周天佑老师。

刚一落座，蔡老师就从布包里拿出一沓厚厚的文稿递给我，说这是他们几个侍岭籍老家伙搜集整理的关于侍岭镇的方志材料，打算出本书，我是侍岭的作家，想请我帮忙调整润色一下。周老师也从旁谬赞了我一通。我哪是什么作家，上学时作文稍好一点而已。

几位侍岭籍退休老师编写侍岭地方志书的事我知道，他们不惧高龄和病体，双脚走遍侍岭的十里八村，搜寻遗迹，访谈老人，考察地形地貌，这在侍岭几乎家喻户晓。

这事的第一个发起人是侍岭中心小学退休校长侍广宇。2008年夏天的一个午后，侍校长与同为退休教师的蔡祖铎、王立民到侍岭街北头新沂河边散步，谈到侍岭作为有着众多古迹遗址的侍邱国故城，丰富的地方历史即将消失在时间的长河中，为此感到十分惋惜。于是几个人有了编写志书、挽救历史的念头。

侍岭地处宿豫、沭阳、新沂三县交界，远离市区，地方偏僻，原属独立乡镇，2021 年 3 月区划调整并入来龙镇。但在西汉武帝时这里却是一个侯王的封地，名曰“侍邱国”（也有古书上写作“侍丘国”）。侍邱故城遗址在街西七八百米处，当地人称为“土城”。清末时期，还有土圩状遗迹存在，现在几乎无迹可寻了。在土城西南数百米处，有座不太高的圆墩，相传是古代侯王任命将领、宣布对敌作战的“点将台”，当地人称乌鸦岭。岭西村和陆宋村之间有一个土墩叫洪武墩，民间叫红茅大墩，相传明朝开国皇帝朱元璋（洪武）曾在此放牛，用茅草叶杀牛，用斗篷煮牛肉。侍岭还有尖墩、斗墩、侍墩等古墓群，系市级文保单位，出土过不少罕有的文物。据说唐朝薛仁贵东征高丽国曾途经侍岭，在此安营扎寨，留下了三眼古井等遗迹。吴圩、信昌等村历史上毗邻碧波荡漾的侍邱湖，现在这里还把下地干活叫下湖。

每个地方上溯百年千年，都会有一段值得后人记取的辉煌历史，只是小地方无名气，少人关注罢了。侍广宇、蔡祖铎认为侍岭不能也走上这条让历史湮没在荒烟蔓草中的老路，他们有责任为乡邻留下一点乡愁的记忆。

时不我待，说干就干。三位年过七旬的老者，不会开车，不能骑车，全靠两条腿量大路，几年时间，行程万里，跑遍侍岭镇所有村庄，有的村反复数十次往返，磨破了鞋，走伤了脚。还要南下北上，进图书馆、博物院，查寻资料，翻阅典籍，有限的退休工资舍不得吃舍不得穿，为了志书却大方得很，招来家人抱怨指责也在所不辞。

就在事情紧锣密鼓朝前进行时，侍广宇校长查出肺癌晚期，医生说按常理，留给他的时间很难超过一年。来日无多，就要快马加鞭。他买来电脑、打字机，不会用让小孙子教，打字慢就多花时间。就这样忍着剧痛打出了四五十万字的初稿。死神也被他的精神吓退了，超出常理，他争取到了 3 年时间。3 年 14 次住院，病房成了工作室，他们每周在病房碰头一次，研究修改意见，确定下周任务。校对稿交到侍广宇校长手里时，他抱在胸前，流下几滴眼泪后，永远地闭上了眼睛。

王立民老师罹患高血压、心脏病，后又得了胃癌，两年7次住院。病情稍好一点就回家走亲访友、查阅资料。2014年，没能等到志书正式出版，就带着遗憾离开了人世。

蔡祖铎老师患有严重的静脉曲张，做手术开了9个口子，伤口几度发炎，脑溢血、脑梗等老年病也跟着年龄一起到来。据叶以虎老师回忆，2016年有一天一大早，他去蔡祖铎老师家送材料，发现他胳膊不听使唤了，嘴角还在流口水。蔡老师却毫无觉察，还在伏案改稿。叶老师赶紧联系蔡老师的家人，一起把他送进医院。医生说要是再晚来几个小时，情况就非常糟糕了。侍广宇校长去世后，蔡祖铎老师接棒成为领头人，他要完成侍校长没有完成的遗愿，决不能留下遗憾。家人的反对、医生的劝告都不起作用。他只有一个执念，要与老天争时间，在身后留下点精神遗产比活得长一点更有意义。

2013年春天，蔡祖铎老师正在朱岭村赶集了解逢集情况，恰好碰见了他的老熟人退休教师叶以虎。蔡老师把编写志书的事情告诉了叶以虎，问他是否有意加入，叶老师爽快地答应了："能给后人留下这样一份历史资料，这件事太有意义了。"第二天，叶以虎老师就骑上自己的电动车，带着蔡祖铎老师四处跑了起来。就这样叶以虎老师当起了"专职司机"，一辆电动车跑坏了，又买了一辆更大的。为了能及时拍下各种资料，叶以虎老师还自掏腰包买了一台数码相机，《侍邱备览》中的不少现场照片都是叶老师拍的。

就在同一年，74岁的王安成老师得知此事后也欣然加入。王安成老师是侍岭中心小学退休教师，写作功底较好，曾出版80万字的抗战传奇小说《桃符烟霞》。他一加入就全身心投入工作，不顾年高，不顾体弱，一次感冒发烧发展成心肺衰竭，在重症监护室住了10天，病情刚有好转就要求出院，走访调查，写稿改稿。

后来，我的同事、侍岭籍高中退休教师周天佑和曹礼航也加进来。周天佑老师写文章十分严谨，每篇都多方求证，反复核实。为了写“伍子胥”一文，他专门赶往苏州，千方百计寻找伍子胥的后人；一篇《侍邱故城探访》前后写了两年。曹礼航老师的老伴患有阿尔茨海默病，每天需要照顾，同时他还在老年大学讲授古典诗词课。曹礼航老师主要负责书稿的校对修改工作，他经常随身携带书稿，再忙再累每天也要改几页，有时甚至坐公交车也会拿出来校对。就这样先后校改了七八遍，力求准确无误，没有错讹。

经过 8 年奋战，十易其稿，7 位老人用生命接力完成的近 70 万字的《侍邱备览》，终于完稿待产。

蔡祖铎老师从布包里拿出沉甸甸的书稿，郑重地递到我手里。书稿不但已经装订整齐，连封面也设计好了，“侍邱备览”书名是著名史志专家、淮安市政协副主席、淮安市地方志办公室原主任荀德麟先生题写的。内页有侍岭籍著名海洋物理学家、中国海洋大学教授侍茂崇先生和宿豫区史志专家蔡兆银先生写的序。

我发现蔡老师的双手微微地颤抖。我能感受到他此刻激动而又忐忑的心情，我也感觉到给我的这份重托的分量。我要尽我所能为我家乡的 7 位长者所记录的乡愁尽一份绵薄之力。

这个暑假我过得很充实。《侍邱备览》通过“文献加田野”的方法，全景描摹了宿豫区侍岭镇的历史沿革、风土人情、文学艺术和革命事迹，徜徉在侍邱七老的文字长河中，我感受着故乡这片热土的厚重与多彩。在征得主编蔡祖铎老师的同意后，我也冒昧对书稿进行了删减和调整，最后保留 50 万字左右，分为岭上遗存、岭上百姓、岭上人物、岭上战事、岭上风俗和岭上艺苑等六章，让这部厚重的“乡愁”档案，能够较为条理地记录侍邱地区丰厚的历史文化信息和多样的人文记忆，表达出编者对众生百态、人情世故、生老病死的感悟与思考。

定稿以后，我联系江苏人民出版社宿迁分社社长罗绪永先生，罗社长也被侍邱七老的精神所感动，积极申请书号，以最快的速度、最优的价格促成了该书的问世。2017 年 5 月，大 16 开本、385 页的《侍邱备览》正式由江苏人民出版社出版发行。所有费用均由蔡祖铎老师和周天佑老师个人所出。这是继明末清初宿豫曹集人张汴的《宿迁县志》之后，又一部完全由个人编写的地方文献，它虽不是正统的乡土志书，但许多内容都是将来编写乡土志的宝贵资料。

从 2008 年动议，到 2017 年成书，前后历时 9 年，7 位年过古稀的老人在人生的尾程却谱写了一曲高亢的生命之歌，委实让人感佩。

《侍邱备览》出版时，侍邱七老已有 3 位离开了人世，一年多后周天佑老师也走完了他的人生旅程。蔡祖铎老师坐上叶以虎老师的三轮车，逐一将他们心血的结晶送到逝者的坟前，以此告慰先走的同人。

青年作家韩海涛是周天佑老师的学生，他几乎亲历了《侍邱备览》的诞生过程，写了多篇感情真挚的文章推介侍邱七老和他们的作品，还把他们感人的事迹编成剧本《岭上夕照》，并与宿豫籍作曲家王春明合作创作了歌曲《岭上人家》。

2017 年 11 月 18 日，宿迁市史志办、宿豫区委宣传部、市新华书店、速文艺网站联合在新华书店西湖路店举行《侍邱备览》品读会，我担任主持人。已经 83 岁的蔡祖铎老师声情并茂地讲述了侍邱七老编写《侍邱备览》的故事，在场的所有人都感动得热泪盈眶。诗人、评论家陈法玉在发言时几度哽咽；知名地方文化学者程芳银教授、市党史工委领导仓中华、宿豫区地方志专家蔡兆银都对《侍邱备览》给予高度评价，认为《侍邱备览》用文字、绘图、影像丛集了历史遗迹、古今乡贤、风俗人情，全部都是亲见、亲聆、亲历的第一手资料，称得上是侍岭镇第一部较为完备的、足可征信的乡帮文献资料。

《侍邱备览》出版以后，七老的事迹经过《现代快报》《宿迁日报》《宿迁晚报》，市、区电视台和各网络媒体的广泛传播，在宿迁大地乃至全省、全国产生了极大的反响。2017 年 12 月侍邱七老获评“感动宿迁十大人物”称号，2018 年 2 月登上“江苏好人榜”，2018 年 4 月成为“中国好人”，2018 年 6 月入列第二届“宿豫好人”；2019 年 10 月宿豫区委宣传部根据七老事迹创制的广播剧《侍岭七星》获江苏省第十一届精神文明建设“五个一工程”奖。

实至名归，侍邱七老是一座精神丰碑，永远矗立在宿迁大地上，供我们景仰。

沭阳崇孝苑

淮沭新河的支流古泊善后河，向东流到沭阳民洲果园附近分出一小股向南流淌，称后沭河。后沭河途经华冲、万匹，到达周湾、程湾，潺潺的河水或许是厌倦了平铺直叙的走向，在这儿拐了个大弯，那些顺流而下的泥沙被一点一点甩出去，留下来，年长日久就淤积起来，形成一个冲积扇，当地人就拿这个形态做地名，叫沙堰。这就是沭阳县龙庙镇沙堰村。

沙堰村位于龙庙镇东北方向，距镇政府不到 5 公里，与万匹乡蔡庄村毗邻，下辖 9 个村民小组，户籍人口 3000 余人，是个蛮大的村落。

村庄顺着后沭河排布。

沿河是一大片白杨树林，密密匝匝的，把正午的阳光遮住了；有的地段杂草丛生，那草高到没过了膝盖，草丛中掩映着一座一座荒冢，仿佛久无人至的荒野；有的地段虽然被开垦出来种上了黄豆，但是草盛豆苗稀，也许这儿的野草生命力过于旺盛吧；也有的地方用铁丝网圈了起来，搞起了养殖，成群的鸭鹅在水里嬉戏，在岸上啄食，发出嘎嘎嘎的叫声，打破了乡村的宁静。

一排排苏北特有的红砖红瓦房，被一树树浓荫簇拥着，构成了静寂的乡村世界。

如果从空中俯瞰，就会发现，沙堰村最北侧的周湾自然村有个地方稍显与众不同，那一排房子门前的路稍宽一些；那一排行道树不只是白杨树，还有香樟、黄杨、女贞、槭树；有一个院落比周围的院子都大；

其西侧 822 乡道上竖着紫底白字的指示牌，通向这个院落的巷首也横着一道同样的招牌——崇孝苑。

通向崇孝苑大门的两侧树荫浓密，似两排绿色卫士迎来送往，人未进院落已被这浓浓的绿意所感染。

大门是农村常见的那种简朴的过道屋，檐下挂着江苏省书协主席孙晓云题写的匾额——崇孝苑，门两旁是“弘扬中华孝道，共建和谐社会”的对联。令人称奇的是过道屋走廊下密密麻麻的各种材质的牌匾，排列得并不整齐，甚至有点凌乱，因为大小不一、年份不同，不是一时为之，没办法做到整齐划一。试抄录其中一部分：沭阳县青少年德育基地、江苏省廉政教育基地、国学教育基地、宿迁市爱国主义教育基地、国家新闻广电出版总局卫星数据农家书屋、山西电影制片厂江淮小镇拍摄基地、龙庙镇留守儿童社会工作站、妇女儿童维权站、江苏省妇联妇女儿童之家、江苏省新闻出版局农家书屋、老年关爱之家、沭阳县孝法文化研究会、崇孝居家养老服务中心、敬老文明号（省委宣传部、江苏省老龄委授予）、省关心下一代先进集体、省市县文明单位、江苏省三星级乡村旅游区、第四批省级法治文化建设示范点、全省城乡社区校外教育示范辅导站、全国示范农家书屋（新闻出版总署授予），等等。虽然我的抄录也很凌乱，但面对这些奖牌我还是不由得肃然起敬，什么样的所在能获得这么多来自国家、省、市、县、乡不同部门的嘉奖？

穿过崇孝苑的大门继续朝里走，才发现这个地方分三进院落，是中国传统建筑的格局。第一进院内几棵粗壮的银杏树把小院遮出一片阴凉，西侧并排两列孝道名言碑刻，正中间是安徽西递敬爱堂朱熹所书著名的“孝”字碑墙，西南首一座假山上刻着“孝是流水，上代截留，下代干涸”的警言；西北角用木头搭了一个“孝”字门，“孝”字中的“子”拿掉了，人往门下一站就代替了那个“子”，构成一个完整的“孝”字。这是一个富有寓意的创意，凡是来崇孝苑参观的人都爱到这里拍照，立志做一个孝子。

第二进房门上也悬挂着“崇孝苑”三字匾额，系淮安市著名书法家姜华所书；门两侧“崇孝立德　明道宏伦”的对联出自宿迁市原文联主席、著名书法家仲向阳之手。

前面两排房子是崇孝苑主人的旧宅，三间过道，三间堂屋，还有两间偏屋，做厨房之用。最后一进是新盖的两层小楼，楼上是卧室和活动室，楼下是康乐书屋及会议室，除了“崇孝苑”的牌匾，还挂了“沭阳县孝法文化研究会”的牌子。整个崇孝苑规模不大，但内容十分丰富，包括藏书 4000 余册的康乐书屋，拥有 10 台电脑的电子阅览室，每周放映一次的电影广场，设有篮球场、乒乓球场及健身器材的康乐文体中心，电教室，孝道名言书法碑廊、孝行图长廊、孝子塑像、孝道文物和孝道书籍陈列室等。崇孝苑还包括位于这个院落右前方、道路南侧的春晖广场，广场也有几亩地大小，东侧中间竖着一个大显示屏，西侧有一圈矮墙，上面是各种字体的“孝”字。平时做停车场用，晚上村民在这里跳广场舞，也作为大型活动或外地参观团集会场所。整个崇孝苑占地大概 10 多亩，对于一个村子来说有这么一个地方已经够排场的了。

不了解崇孝苑的人会以为这个场所是政府所为，其实不然，崇孝苑主人是一位现年 75 岁的退休老人，名叫陈国友，崇孝苑完全由他个人出资建设、个人管理运营。

陈国友何许人也？他怎么想起来在偏僻的乡村搞这么一个浩大的工程？

陈国友，沭阳县龙庙镇沙堰村人，退休前是宿迁市政协学习文史委主任。

2006 年 8 月，刚从市政协学习文史委主任任上退下来的陈国友，带着 4000 册藏书回到了他的出生地沭阳县龙庙镇沙堰村。

汽车缓慢地行驶在不太宽阔的乡道上，路两旁已经灌浆的稻穗飘着淡淡的清香，不远处的村庄掩映在一片翠绿之中，村旁后沭河的水汽被晨风携带着与炊烟一起，在宁静的乡村上空缭绕。

近乡情更怯。陈国友有点激动，甚至有点紧张。已经20多年没回老家了。卸任沙堰村大队书记后外出求学、工作，接着全家搬到县城、市区，竟然20多年没有再回来。老屋的院墙已经坍圮，屋檐瓦楞上长满蒿草，门锁锈蚀得认不出钥匙了。

儿童相见不相识，笑问客从何处来。叶落归根，人老返乡。久违了祖屋，久违了故乡，久违了父老乡亲！

是这片土地养育了他，到了回报故土的时候了。起初，陈国友打算将这些书籍捐给村里，建一个书屋供村民阅读。但是村里用房紧张，腾不出地方来给书籍安家。他想，干脆就把自家的老房子收拾一下吧，还可以长住下来，重温乡村生活。

陈国友家的老宅是祖产，是他的出生地，也是他父亲的出生地。老宅前后分别是两个儿子的宅基地。他们村里有个传统，只要生了男孩就划给一份宅基地。二儿子的宅基地本来不跟老宅在一起，是在西边乡道边上，方方正正的一块地方，既敞亮交通又方便。当时一个邻居得了癌症，快不行了，临终前找陈国友商量，能不能用他家老宅后面的一块宅基换他路边的那一块。全家人当然不同意了，陈国友说，人家临终的这个愿望你忍心拒绝吗？再说我们的孩子都在外读书，将来回不回农村老家还两说呢。因为这个善举才使崇孝苑拥有现在的规模。陈国友常常感叹，人做好事帮助别人，往往帮了自己。

陈国友的想法得到了妻子和儿女的支持。不支持也没有办法，只要他下定决心想做的事，山挡不住，牛拉不回。

说干就干！找来左邻右舍、亲朋老友，垒院墙，缮屋顶，粉墙壁，打书架，经过一阵忙活，康乐书屋开门迎客了。

坐在自己亲手收拾整齐的书屋里，陈国友的脸上绽开了笑容。他的退休生涯就从这里展开了，40 多年收藏的书籍终于有了好的归宿，他也会用自己的所学为村民开个讲座，做个咨询，这样总比无所事事、心态失衡、整天打牌喝酒有意义吧。

但接下来几天，陈国友的笑容渐渐收敛起来了。头三天只来了两个人，随手翻翻那些似懂非懂的图书，走了。第四天，没有一个人进来。第五天，一个人伸头看了一眼，又退了回去。

看来现在的农村并不是自己想象的那样没书可读，而是有了书也没多少人读。也难怪，有点文化的年轻人都外出打工、创业了，留守的多半是老人、妇女、孩子。陈国友发现纯粹的读书活动可能并不是村民的迫切需求，应该进一步丰富书屋的内容。陈国友的侄子陈芝建议，可以在院子里增添乒乓球、篮球等设施，在室内增加电脑、棋牌等项目，于是康乐书屋成功改造成康乐文体中心。

曲高和寡，娱乐者众。这下来人就多了，康乐文体中心成了比村部还热闹的地方。笑容又回到了陈国友的脸上。

热闹的地方总是吸引人，那些不看书不打球不下棋的老者也爱到陈老这院子里来，不干别的，就是找陈老拉呱儿（聊天儿），张家长李家短的，东庄父子反目的，西庄婆媳打架的。这些事听多了，陈国友脸上的笑容又褪去了。

有几件事儿甚至让他茶饭不思，彻夜难眠。

庄子头的一户人家，距离父母家仅 500 米远，可以说是抬脚就到，但是自从另立门户娶妻生子以后，却从未上门看过父母，说出来让人难以置信，时间竟长达 24 年！

一位可怜的母亲，三个儿子没有一个愿意把她接到自己家里住，老母亲只好凑点木棍稻草在小河边搭个马鞍棚子住。三个儿子长年累月不去看，及至母亲死在小棚子里，身上爬满了蛆虫……

一位年迈的父亲丧失了劳动力，家里几天揭不开锅，厚着脸皮去问儿子要吃的，结果不但没要到，还被无情地赶了出来。这位父亲伤心欲绝，在小屋里上吊自杀了。邻居发现了告诉他儿子，儿子照常下湖割麦，直到晚上 9 点多才回来收尸，草草掩埋。

还有一位父亲也是孤独地死在家里，邻居发现他家房前屋后围了好多条狗，有个胆大的进屋一看，腿已被狗吃掉了一条……

每一个故事都像一把刀剜在陈国友的心上，滴血一般疼痛！他本以为农村缺少书籍、缺少知识，没想到更缺少的是孝心，是道德的底线。孝顺父母本是最基本的人性，有些人已退化到连动物都不如了。可能眼下引导村民看多少书已不重要了，重要的是重拾孝道，唤回那一颗已经走远了的孝心。

陈国友萌生了创办崇孝苑的想法。

确定“孝”字这个主题是经过一番思想斗争的。陈国友跟一个老朋友商量讨论这事，他的朋友说你不能弄，弄好了庄上的人嫉妒你，那些不孝顺的人恨你，你的对立面就出来了，你本来是来乡村安享晚年的，结果会灰头土脸，里外不是人。

仅仅弄个康乐文体中心，陈国友还是不甘心，总觉得是隔靴搔痒，没触及痛处，前怕狼后怕虎不是自己的做事风格。于是陈国友开始搜集有关孝道的名言警句、故事文章，竟达几十万字，编成一本集子叫《孝道——让感恩与你同行》，北京一个朋友帮助联系华艺出版社出版了。据报道这本书在韩国很畅销，各大小书店都有售；而在陈国友的家乡却几乎无人问津，毕竟在农村读书人太少。看来靠一本书去宣传倡导孝道是行不通的，还得用老百姓喜闻乐见的形式。他尝试把卖身葬父、黄香暖席、卧冰求鲤、弃官寻母等古代孝道故事制作成宣传画张贴在康乐文体中心，画面加文字说明，倒是吸引了不少村民观看。这个尝试坚定了陈国友把康乐文体中心改造成崇孝苑的决心。

他从《论语》《孟子》《孝经》等中外典籍中整理出数百句孝道名言，

分别寄给市内外知名书法家书写，不但市内的刘云鹤、吴应宁、陈家柱、刘家魁、张守跃、仲向阳、朱志刚、孙冲等书法名家积极响应，全国著名书法家欧阳中石、沈鹏、孙晓云以及港澳台，甚至国外新加坡等地的书法家也乐赐墨宝。特别是一些老书法家，不但寄来作品，不少还附有热情洋溢的回信。这对陈国友的鼓励很大。台湾有个叫苏安德的书法家给陈国友寄来一个包裹，里面有20多件书法作品，除了他自己的，还有代为征集的台湾20余位书法家的作品。陈国友先后收到国内及世界各地接近400位书法家的创作。陈国友首先对这些作品进行整理归类，装裱好在崇孝苑内展出，满屋满院都是书法作品，像个孝文化专题书展，很壮观，很震撼；接着编辑成册，附上点评，取名《崇孝立德》，由汕头大学出版社出版发行；然后挑选老百姓耳熟能详的内容刻成石碑，镶在墙上或竖立在崇孝苑里，作为崇孝苑的重要组成部分。

雕刻是一件很花钱的事，这些钱都由陈国友个人承担。为了减少开支，他找本村一个叫杨树湘的年轻人，先把他送到沭阳吴集学雕刻，后又让他到济南去学碑刻手艺，学成后陈国友和杨树湘共同出资3万多块钱购买了雕刻机。杨树湘帮陈国友刻了100多块石碑，手艺越来越精，后来成为远近闻名的雕刻师，专门替人刻碑，靠这个发家致富了。百十块碑花去了陈国友几万块钱，陈国友笑言就当这几年的旅游费了，自从搞起崇孝苑，他整天窝在沙堰村，已经忘了诗与远方。

陈国友是个完美主义者，做事追求极致，经常到了废寝忘食的地步，常常忘了自己是一个年过花甲的老人。有时候从早上就开始忙活，一直忙到下午一两点，饭也不吃，水也不喝，实在饿极了，就到门口花两块钱买一块大饼，一边干啃一边继续干活。事情千头万绪，怕做了这样忘了那样，他就用一个小本子记下每天要做的事情，做完一件勾一下，有时一天能做几十件事，工作量确实很大。这一切几乎全靠他自己，除了大的土建找工程队，另有几个志愿者帮忙，大多数事情都需他亲力亲为。

除了硬件建设，陈国友还在软件上动脑筋、下功夫。单靠孝道名言警句和孝道故事图画，感染力远远不够，要用老百姓乐于接受的形式去宣传、去熏染、去影响。最容易达到宣传效果的莫过于地方戏了，于是陈国友自任编导，排了三个淮海戏剧目，一个叫《团圆节》，讲一个老人的三个儿子都出去打工了，三个儿媳在家，一个孝顺，两个不孝顺，在团圆节到来之际，三个儿媳妇都来到老人跟前，不同的表现形成了强烈的剧情冲突，最后两个不孝的也痛改前非，剧情非常感人，非常接地气。一个叫《婆媳记》，讲的是儿媳不孝顺、孙媳孝顺的故事，以孝顺对不孝顺，形成剧情反差，产生喜剧效果。还有一个叫《参观崇孝苑》，把崇孝苑当成一面镜子，照出参观者的真善美丑。演员都是本乡或附近乡里的，他们原来都在剧团里唱过戏，现在五六十岁了赋闲在家，也都乐于参与演出。既然是公益演出，他们也一分报酬不要，陈国友编好了戏，他们就去排练、演出。但是饭总是要吃的，十八九个人，三出戏排下来，光是酒就喝了 120 箱，这些钱都是陈国友自掏腰包。剧目排练好以后，陈国友带着他们去沂河南、沂河北演出，很多人看了之后，都哭得泪眼婆娑，教育效果奇好。陈国友还和崇孝苑义工、退休教师张发玉、潘耀才一起搜集整理了一个以孝为主题的快板，叫《新二十四孝行动标准》，“在外工作常回家，免得父母把心焦。每逢过年节假日，要和父母度良宵。记住双亲出生日，举办宴会不辞劳。常往家里打电话，嘘寒问暖很重要……”由邻村有说唱天赋的汤成万表演，深受群众的欢迎和喜爱。

善是需要唤醒的，在特定的氛围里人容易被感染。崇孝苑就是在沙堰村这个苏北还比较落后的乡村创设了一种“孝”的氛围，像阳光和雨露一样，来唤醒那沉睡在这片土地上的“孝”的种子，使之生根发芽开花结果。

毕竟土地是肥沃的，有了湿度和温度，那嫩芽很快就从大地的肌体上萌出。

盖后排崇孝楼时，晚上陈国友留施工队吃饭。开饭时怎么数都少一个人，原来是前庄的小陆不吭一声走了。第二天工头问她昨晚怎么偷偷走了，她说，去家弄饭给她老爹吃。工头说，呦，太阳打西边出来啦，前天还说他老不死的，这变化恁快的？小陆说，人就不能改啊？是崇孝苑里的阳光雨露感染了她。

本村的小潘到城里做生意，四五年没回来看望父母，几乎断绝了关系。陈国友需要安装一台太阳能产品，就找人联系他。太阳能产品装好了，他就在崇孝苑里来来回回转几圈，越看心里越难受，眼泪唰唰唰直淌，当晚就回家跪在父母面前，第二天给他父亲买了手机，手把手教他使用。这位老父亲跑到陈国友的崇孝苑，激动得老泪纵横，说，你是用什么法子改变了我的儿子？

这样的故事隔三岔五就会上演。崇孝苑建成后，小村的民风发生了显著的变化，打老公公骂老婆婆的、不给吃不给喝的事少了；争着给父母装空调、买太阳能产品的事多了；年轻人聚众打架斗殴的事少了，到崇孝苑来参观学习的人渐渐多了；人为破坏孝文化宣传品的事少了，主动来崇孝苑做志愿者的人多了。不只是沙堰村，周围的十里八乡都会有人来崇孝苑接受教育，一个杨姓家族曾组织200多口家族成员来崇孝苑参观。镇领导来了，县领导来了，市领导来了，省领导来了，还有外市、外省的也来了。小记者活动、文学采风活动、孝善研究活动、家庭出游、单位团建，都会选择来崇孝苑。近10年来，全国各地到崇孝苑参观学习接受教育的平均每年达6万人次，每年举办各类活动60余次。国家、省、市、县各级政府及宣传、文化、民政、政法、妇联、老龄委等部门都给予崇孝苑充分肯定和嘉奖。陈国友也被授予宿迁市法制宣传教育工作先进个人、宿迁市文明家庭、全国百姓学习之星、宿迁市十佳乡贤等称号。

现在的崇孝苑不但是孝善教育基地、农村文化大院，还是江苏省三星级乡村旅游景区、青少年校外辅导站、留守老人和留守儿童的亲情驿站、妇女儿童维权工作站和志愿服务公益平台。不但如此，在崇孝苑的引领带动下，吕家文化大院、红色广场、仲大庄农家书屋等一大批公益项目在沭阳县各地开花结果。崇孝苑在社会主义精神文明建设和圆梦小康建设中发挥了很好的作用。

但是对崇孝苑的将来我还是有一丝隐忧。

崇孝苑的主人陈国友已是一位年逾古稀的耄耋老人，身体伴着岁月一日日老去，精神也一天不及一天。即使是大写的“人”字也难单靠一己之力支撑起一片天空。

建设是一时的，运营是长远的。盖崇孝苑最后一进崇孝楼花费的20多万块钱都是陈国友几个儿女给的，其他设施用的是陈国友自己的积蓄，日常运营靠的是他几千块钱的退休金和县城里的一处房子每年3万多块的租金。陈国友生活上基本不花什么钱，穿的衣服都是孩子们买的，自己不喝酒、不抽烟，也没什么其他爱好，所有的钱都花在崇孝苑建设上，这就是他退休后的全部生活和娱乐。这几年县委县政府特别重视这个事情，奖励了他几万块钱。县民政局也很支持，以居家养老服务中心的名义每月给他2000块钱补助。有几个退休的老师经常来做志愿者，陈国友打算一个月给他们500块钱，让他们帮他支撑门面。因为崇孝苑是公益场所，也不可能去创收。

陈国友有一个想法，就是在特色乡村建设中把沙堰村打造成孝善特色乡村，用孝文化装点村庄，从道路命名到景点设置，从墙体宣传画到孝道博物馆，走进村庄让人处处感受到一个“孝”字，把崇孝苑扩大成崇孝村。他说，如果倒退10年他60多岁，他就会搞这个事情，再做一次沙堰村支部书记，带领大家建设崇孝村，梦圆小康路。但他现在老了，力不从心了。

但我不希望崇孝苑跟陈老一起老去。

就在我对崇孝苑的前途隐隐担忧的时候，沙堰村传来令人振奋的消息。沭阳宏孝木业董事长、沙堰村年富力强的陈芝先生担任龙庙镇城建办副主任，兼任沙堰村党支部、村委会负责人，并接管崇孝苑的管理和运营。陈芝先生 10 年前就和叔叔陈国友一起参与崇孝苑的建设，他每年中秋、过年都会给村里 70 岁以上的老人送节礼，10 年来从未间断，是一个十分有孝心的青年。由他来接管崇孝苑，是能够让人放心的。

与此同时，由政府投入 3780 万元的沙堰特色乡村建设也全面启动。方案由浙江大学规划设计院设计，无锡市设计院进行二次深化设计，项目东至后沭河，西至红万桑路，南至顺河路，北至万四乡交界沟，占地面积 220 亩，涉及 132 户 750 口人。方案以“崇孝尚法 · 织水绕绿”为设计理念，以打造沙堰特色田园乡村为总体定位，设计手法以“因地制宜、以人为本，最忆乡愁、孝行沙堰，生态低碳、永续营造”为基本原则，立足沙堰村特色崇孝文化与江淮水乡自然基底，规划形成“一轴、一心、五核”的空间结构。在完成改善道路硬化、铺设管网、民居翻建等基础工程后，项目结合当地自然与景观资源重点营造村级标识入口景观、法制游园、村务广场、崇孝院、乡野湿地景观带、宅前水巷综合环境整治、农业景观体验区、崇孝文化生态游园等组团节点，在乡村产业振兴道路上进行积极探索，力争成为苏北农村改造提升建设的新标杆。

崇孝苑就像一个小太阳，它从沙堰村冉冉升起，光芒越来越亮，照耀着苏北大地。要不了多久，沙堰村就将以更加亮丽的风貌出现在淮沭河畔！

徐云亭老人

在宿迁虹枫老年公寓三楼最东首325房间，我见到了离休老干部徐云亭老人。徐老面色红润，精神矍铄，气色不像已经92岁高龄的耄耋老者。他坐在轮椅上，只是行动有些不便。他把我让到靠近阳台的椅子上坐下时，我才发现他的左腿裤管里空荡荡的。

作协领导安排我去了解徐云亭老人的事迹之前没做任何交代，我对老人的情况一无所知。心想，这个年龄的长者不是抗美援朝的志愿军战士，就是参加过对越自卫反击战的解放军英雄。看着他失去的一条腿，我有了明确的主题，就从这条腿写起，引出那一段戎马倥偬岁月。

毕竟是一段痛苦的记忆，我小心谨慎地询问：徐老，您的腿？……我希望这个揭疮疤的提问会打开尘封已久而又精彩动人的故事！

“这个啊，2014年一次车祸要了我一条腿。那时我在老年大学做副校长，一次骑电动车在下班回家的路上出了意外。”原来是个事故，不是故事。我的设想落空了。

随便聊聊吧，从谈话中再重新寻找切入点。

徐老介绍，他出生于1928年，1949年中华人民共和国成立以前参加工作，并加入了中国共产党。1948年宿迁二次解放后百废待兴，各行各业都需要人来管理，他上过几年私塾，认得几个字，就被安排在南关镇（当时宿城分南关镇和北关镇）工作。那时候上班也没有工资，就是凭着对新政权的一腔热情投入工作的。

刚从国民党手里夺回政权，很多老百姓头脑一时还转不过弯来。

1949年冬天，一场纷纷扬扬的大雪，把宿城镇笼罩在一片饥寒之中。那时候可不比现在，现在的大雪是美景，那时候的大雪是灾难。共产党的新政权竭尽所能把人民的疾苦牢牢地放在心上，倾政府所有，干部带头克服困难捐款捐物，挨家挨户给老百姓送去御寒衣物和果腹吃食，党和国家的温暖抵御了新中国成立后的第一场雪。老百姓切身感受到共产党的好，发自内心地热爱新中国。徐云亭的主要工作就是给老百姓分发物品，他每天都被感动包围着，70年后回忆起来仍觉温暖无比。

随后他被分配到宿迁县手工业局工作，主要任务是组织农业、手工业和资本主义工商业的三大改造。从1953年到1956年手工业者基本都加入了供销生产合作社。这一时期他每周都要从城里到大兴、丁嘴、仰化等西南片乡镇，参与组织督促检查供销生产合作社工作。没有公交车，没有自行车，来回都靠两条腿走大路，其中辛苦自不待言。

1953年到1957年是第一个五年计划时期，党中央号召全国各族人民大办工业，重建和恢复较为完整的工业化体系。这一时期，徐云亭被调到县工业局工作。那是一个火红的年代，“大干快上多快好省建设社会主义”。宿迁县（今宿迁市）提出了“玻璃城，水稻县，黄河苹果葡萄山”的宏伟规划。主要内容是，利用宿迁盛产的优质石英砂，在县城大建以玻璃厂为龙头的工厂；在农村推进旱改水，栽种水稻，提高粮食产量；在黄河滩大面积种植苹果树，同时生产果酒，现在的果园社区就是这个规划的产物；在城北晓店丘陵地带推广葡萄种植，记得那时农技专家培育出一种命名为“宿小红”的优质葡萄，产量高，含糖量高，适合酿造葡萄酒，于是宿迁葡萄酒厂应运而生，其生产的马陵山牌葡萄酒行销全国各地，深受用户好评。可惜名噪一时的“宿小红”现在已基本在宿迁大地绝迹。

宿迁城区两条道路的建设让徐云亭老人记忆犹新，一条是幸福路，这是为发展商业而建的路；一条是运河路，这是为发展工业而建的路。

这是一项了不起的工程，直到建市之前，这两条路都是宿迁城区最主要的南北大通道。徐老回忆说，那时候修路可不像现在都是机械化，全指望肩挑手推铁锹挖，纯手工制作。机关单位、各部委办局工作人员，管你是领导还是小兵，都得参加劳动。

幸福路修好后，串起了一串商店和宾馆，成为市民逛街休闲的好去处；运河路开通后，串起了一串工厂，实际上就是宿迁早期的经济开发区。

徐老到底是在工业局工作的，对运河路沿线的工厂如数家珍。宿迁水泥厂、宿迁磷肥厂、宿迁毛纺厂、宿迁机床厂、宿迁啤酒厂、宿迁葡萄酒厂、宿迁白酒厂、宿迁酱醋厂、宿迁罐头厂、宿迁食品厂、宿迁肉联厂、江苏玻璃厂、宿迁玻璃厂、宿迁轴承厂、宿迁钢珠厂、宿迁商业机械厂、宿迁棉纺厂、宿迁服装厂、宿迁化肥厂、宿迁灯具厂、宿迁农药厂、宿迁制药厂、宿迁刺绣厂、宿迁印刷厂、宿城日用品厂，等等。老了，老了，有的想不起来了。徐老笑笑，又摇摇头，说道，那时候宿迁的工厂门类非常齐全，生产的，生活的，吃穿用住，方方面面，应有尽有。你看看这是不是较完整的工业体系？除了军工和重型机械我们没有，其他都有了，比现在的经济开发区配套功能还强。很多品牌都叫响全国，比如马陵山牌葡萄酒、凤凰泉啤酒、霸王白酒，你恐怕没喝过，那酒比现在的“蓝色经典”都好喝。徐老退居二线以后到水泥厂任党委书记、厂长，干了好几年，那时宿迁水泥是一个牌子，建筑材料首选。可惜宿迁很多拿得出手的品牌都消失了，都给糟蹋了。

那时候的工厂都是国营的或集体的，解决了很多人的就业问题。那时都以进工厂上班为骄傲。那时在江苏玻璃厂上班是一件很荣耀的事，江苏玻璃厂的女工既漂亮又时髦，骑脚踏车子上下班，头昂多高，想找她们谈恋爱得有好条件。

后来企业改制、招商引资，我们宿迁的老牌工厂几乎全军覆没，想想都很痛心。说到这里，徐老脸上掠过一层愁云。

宿迁运河路沿线以前是工业集中区，现在让位于大运河文化带建设。徐老建议保留一些老厂房、大烟囱，作为工业遗存，存储那一段辉煌的记忆。

诗酒趁年华

王以树是我在来龙高中时教的学生，他成绩如何、课堂表现怎样，我全然没有印象了，他好像上了电大，所以成绩不会好到哪里去。但印象深刻的是他曾担任学校文学社社长，作文不错，也有一定的组织能力。

20 世纪 80 年代初，来龙高中成立了春晖文学社，经过几年的努力，文学社竟然在全国崭露头角，连续三年被评为全国十佳文学社。我是 1986 年参加工作后接替去江苏教院进修的同事担任文学社指导老师的。我记得在王以树任职社长期间，我们做了几件大事。一是去沂河边吹风。暮春者，春服既成，冠者就我一个，童子十来人，没浴乎沂，但风乎舞雩了。沂河在侍岭北，离来龙 10 公里左右，我们骑着自行车，一路欢声笑语，咏而归。一是去马陵山和项王故里采风。我和另外三位同事带队，文学社成员还是十几个人，从来龙到马陵山，从马陵山到项王故里，然后再回到来龙，骑自行车一天来回，往返三地，90 多公里里程啊，我当时都累趴了，王以树他们还是十六七岁的孩子，只顾着兴奋，竟然大声嚷着不累。也难怪，去过这两个宿迁周边的著名景点，够向同学们炫耀的了。回去以后他们都写出了超乎平常的好作品。现在想想也只有那个年代能做出这样的事，要是摆到当下，我是断不敢组织这样的活动的。

还有一次是庆祝春晖文学社成立五周年活动。我列了一个名单，让王以树以文学社的名义给他们写信，请求贺词。当时只是抱着试试看的态度，确实没抱太大希望，但结果大大出乎意料，刘云鹤、时守信、吴应宁、陈家柱、徐士林、陈鼎祥等知名艺术家悉数寄来书画作品以示庆贺，连同我们刊行的油印社刊和社员发表、获奖的作品，我们美美地举行了一次轰动全校的五周年纪念展。

王以树心中文学的种子一定是那时候种下的，至于后来是否发芽开花结果，很长一段时间我是不清楚的。我只了解到以树毕业后开始在义乌商贸城开店做生意，毕竟生存比爱好重要。他卖过煤气灶，卖过抽油烟机，卖过电风扇、电冰箱，还卖过太阳能热水器。我记得他卖太阳能热水器的思路跟别人不一样，别人都是代理某个品牌，而他另辟蹊径自己注册一个“清照”牌太阳能热水器商标，然后找厂家定制生产，这个牌子只有他独家销售，价格战打得再残酷，也打不到他身上。我以前写过一篇文章叫《致富靠智》，他就是其中典型的例子。

我知道生意再忙，生活再艰苦，他心中的文学之光都不会熄灭。直到有一次他来听蝉居参加一个文学活动，我才知道这么多年他一直两条腿走路，一条走进商业，一条走进文学。那一次他带来了中国文联出版社出版的诗集《项羽和虞姬的故事》《洪泽湖湿地印象》《三月的骆马湖》《梨园湾，梨花醉》，厚厚的四大本，洋洋数百万字。他的文学成就绝不逊于其商业成功啊。古人说商人重利轻离别，意思是商人没有情怀。王以树则不然，他心中装的是诗，这是怎样的情怀啊！我敢说他绝不是一个孜孜以求利的世俗商人，他是诗人，还是一个痴迷于篮球的运动者。

以树转型做酒有些年头了，他多次邀我去他的酒厂参观，我都因各种原因没有成行。这次散文学会组织采风，我说就去王以树的苏参槽坊看看吧。就像那次惊奇于他的四大本诗集，这次我更加惊叹他酒业的规模，他在酒乡洋河拥有响亮的中洋酒业集团、国洋酒业集团、中酿酒业集团三驾马车，另外还在市中心建立了一处酿酒文化基地苏参槽坊。他的苏参槽坊位于宿豫区顺河街道陆槽坊社区，这里在历史上就是酿酒场所，这从地名可以看出。眼下，在历史的地基上又建起新的大厦，生机伴着底蕴袅袅升腾，升腾成蒸蒸日上的事业。

苏参槽坊数千平方米展厅水系环绕，栏楯增胜，五颜六色、器型各异的酒琳琅满目，几张大茶桌摆在南侧正中，我们十几位来自两区的文学爱好者围坐在一起，闻着酒香，品着茶香，谈着诗香，享受着以树提供的诗情酒意。

以树的诗是蘸酒香写的，以树的酒是用诗情酿的。我们且将新火试新茶，诗酒趁年华。

第五辑　风情

新盛街抒怀

在宿迁老城区，市府东路与马陵路之间，有一条并不宽阔的街道，叫新盛街。两旁建筑青砖灰瓦，飞檐歇山，古色古香，虽有颓墙坍圮残砖横地，但亦颇有韵味。

据史料记载，新盛街始建于明万历年间，距今已有 400 多年的历史。鼎盛时期，新盛街名人云集，楼宇纵横，庙观蔚然，光是庙宇就有 20 多所，如今仍然残存的还有极乐律院、火神楼、灶君庙、财神庙、显佑伯行宫。清末民初，新盛街与富贵街（现中山路）齐名，但各有侧重。富贵街多为商贾财主居住，而新盛街以达官文人为主，因而更具文化气息和文物价值。

新盛街不仅是一条街，更是一个街区。层层叠叠的屋檐，错落有致的楼宇，纵横交错的街巷，书写着新盛街悠久的历史和曾经的繁华。保婴堂、财神庙、通灵街，这些仿佛从线装史志里逸出的地名，记录着这片街区的荣耀。

我第一次走进新盛街是 1987 年正月初三，那时一群城乡诗歌爱好者聚集在家住新盛街的王刚家，大声朗诵着自己创作的诗歌，青春稚嫩的声音在街巷和砖瓦间流淌。小酌之后，我们在小巷里流连散步，那些巷子四通八达，走着走着就不知所终，但也不必担心迷路，只要向前走，总能从另一条巷子拐上大街。新盛街给我最初的印象就是一行行诗句，街巷里缀满古典的意象。

进城工作以后，除了偶尔去新盛街南首喝豆腐脑，吃熥煎饼，倒是很少再进去溜达。最近网上热议新盛街拆迁改造，会不会把宿城这一片仅存的历史街区夷为平地竖起钢筋水泥高楼大厦？东大街已经面目全非了，新盛街也会遭此厄运吗？

一个飘着小雨的午后，我和几个朋友撑着折伞，从火神楼楼牌下走进拆迁中的新盛街。街巷寂静，鲜有人语，大部分院落已人去楼空。雨水滴洒在石板路面，湿滑了脚步。曲曲折折的小巷在雨雾里向前延伸，如慢慢打开的折尺。那排列整齐的小瓦是一行行文字，记录着历史的延续；那斑斑驳驳的砖墙是一幅幅画卷，描绘着时光的老去。那墙根厚厚的青苔是岁月的胡须，还是朝代的年轮？这些像一幅幅黑白照片，夹在城市的相册中。屋顶上一根根电线竟无杂乱之感，像五线谱，在屋顶上弹奏着岁月的歌曲。春天已经来了，那些爬满山墙的青藤好像忘了发芽。是因为那墙不久就要倒下，不想徒劳耗尽心血吐绿，还是根已被挖断？

我们推开一扇虚掩的大门。人走了，院子还在。这个庭院是深深的四合院，几百年来该生长多少故事？故事重重叠叠垒在墙角檐下，等待一代一代人来讲述。如果房子拆了，这些落满尘灰的故事该转移到哪儿呢？院子里曝背聊天的日子随着被城建之风吹走的炊烟一起飘走了，飘走了，不知飘到哪一个高楼林立的小区了。

我们爬上一栋二层小楼的阳台，放眼望去，一排排高低错落的小瓦在微雨中泛着青光。我喜欢那灰黑色的青瓦，还有瓦缝里不知什么时候长出的瓦松。那些飞檐翘角、青砖小瓦，还有藏在砖墙瓦缝里的过去的时光，厚重着我生活的这座年轻的城市。只是远处的高楼已对这片人去楼空的房舍形成威压，不知不久之后挖掘机会不会将这些房子连根拔起。

看着房门上一块块负载着历史感的街道名，我担心它们会彻底从我们这座城市消失。如果真的消失了，我们还能找到追溯城市历史的线索吗？

一名老者背着手低头走在保婴堂后街。他家原来住在这儿。他说，只要一天不拆，他就每天来这里走走。

再看一眼吧！这不是周庄，不是窑湾，这是有着同样悠久历史和古朴苍远之美的新盛街。不久以后，甚至就在眼下，它将变成一片工地！再拍一张照片吧，以图片的形式收藏这些砖瓦，将记忆和美打包存储。因为标语已经下了判决，400 多年的街区已经老态龙钟，即将寿终正寝！

只是，燕子来了，还有飞檐给它垒巢吗？古树老了，还有颓墙陪它沧桑吗？青砖湿了，还有片瓦为它遮雨吗？瓦松枯了，还有瓦缝替它留住雨水吗？

我知道个人感情挡不住时代大趋势。新盛街确实也老态龙钟，很多违章建筑和不协调建筑已破坏了这片历史街区的和谐完美。但是一座城市如果只有新的没有旧的，那历史靠什么来体现呢？

时隔一年多以后当我再次走进即将完工的新盛街，我的所有疑虑烟消云散了。新盛街修旧如旧，原有两纵两横七巷的街区脉络被完整呈现，二十多处古建院落基本保留，被拆除的只是一些破坏这片历史街区的和谐完美的违章建筑和不协调建筑，新建的建筑和道路也采用老物件和传统建筑手法，使之更加古色古香而又充满韵味。发了朋友圈以后，不少曾经住在这里的朋友留言说仍能找到过去的感觉，还盛情邀请我开街后去他们家曾经的院子里做客。

这次新盛街街区改造没有大拆大建，而是重在保留，保留老砖老瓦，保留古街古巷，甚至会保留原住民的生活方式，保留一座城市永久的记忆，也保留一脉相传的地方文化。

这让新盛街成为可游可居的街区，成为本地人怦怦跳动的心脏，成为外地人艳羡的目光。

听蝉居：宿迁民间小文联

一场新春诗会催生了听蝉居文学部落

春节前夕，听蝉居文学部落微信群里发布了一条公告，引起了群友的热议。

听蝉居新春诗会来了：过了腊八就是年 / 年节将近 / 新春诗会就要来了 / 积攒一年的诗情 / 会在这个叫春的节日里 / 发芽茂盛 / 长成古黄河畔的新民俗 / 那些身外的喧嚣和浮躁 / 将被听蝉居一杯香茗 / 清洗出一行行诗句 / 你的吟诵 / 就是向春天吹响的号角 / 庚子年正月初三 / 听蝉居新春诗会等你来。

接着列举了几条注意事项：

①接龙报名：写清你朗诵的诗篇，提倡原创或本土诗人诗作。

②诗会时间：正月初三上午 10:00 至下午 3:00，既不耽误睡懒觉，也不影响喝年酒。

③舌尖牙祭：中午小食，家里有拿手好菜、手工水饺、诱人小吃、年节特产，可顺手带点儿来大家共享。

④意外之喜：会有本土作家现场签名赠书。

一时间，大家踊跃报名，很快设定名额就被突破。当然，后来由于新冠病毒疫情，今年的新春诗会没能如期举行。

固定在每年正月初三的新春诗会，是宿迁文学界的节日。这个节日始创于 20 世纪 80 年代，当时宿迁一群诗歌爱好者，每年正月初三都会从城乡各地聚集到城区，或在诗友家中，或在文化馆、书店里，举行新春诗会，朗读自己新鲜出炉的诗歌。激情澎湃，燃烧青春。星稀诗社、模糊的叶掌、芳冢、春夏秋冬等社团自制油印刊物记录着那时的青葱岁月。后来由于经济大潮的冲击，诗人们收起诗情，沉浮商海，一晃新春诗会竟中断了 20 多年。

2018 年，宿迁本土诗人陈法玉、周永文、刘伯生、王其成等人倡导重启新春诗会，日子不变，地点固定在古黄河岸边的听蝉居茶旅空间。倡议一经发出，吸引了老中青 30 余位来自市区的诗人和诗歌爱好者参加。20 多年后，他们再聚首，追忆青春岁月。虽然时光老去，但精神不老，诗心尚健，重温旧梦，复燃诗情，接续传统。他们计划着把正月初三宿迁诗人节再次打包装点，赓续薪传！

这次新春诗会上建立的微信群后发展为听蝉居文学部落。

诗人气质浓郁的听蝉居茶旅空间

一个文学群体因何结缘于一方茶旅空间？听蝉居又是一个怎样的所在？

听蝉居是宿迁市区一家经营茶社和特色客栈的场所，一楼为古色古香的茶社，二楼以上是风格独特的民宿客栈，可居可游可乐。它是宝龙 24 街一座独栋商业别墅，居于宿迁市核心商圈——宝龙金鹰商圈，又面向流淌千年的古黄河，处在繁华与宁静之间，进可入阜盛商圈，退能将喧嚣遁于世外。

高大的七叶树和粗壮的银杏树将听蝉居团团包裹，只在枝丫间漏出几笔屋角的线条。

驻足吹风，听树梢蝉鸣吟唱于绿叶上；凭栏听涛，观对岸灯火摇碎在柔波中。

在这里，可以寄存时光，诗意栖居。

据店主介绍，“听蝉居”之名源自唐代诗人王维的诗《辋川闲居赠裴秀才迪》：倚杖柴门外，临风听暮蝉。取其闲适、脱俗、充满禅意和诗情画意。

诗中有画、诗中有禅是王维诗歌的特质。好一句“倚杖柴门外，临风听暮蝉”！放下一切叨扰烦忧，仿佛置身事外，一任蝉唱润过心田，入静，脱俗，羽化。

“垂緌饮清露，流响出疏桐。居高声自远，非是藉秋风。”（唐·虞世南《蝉》）那蝉声，高洁到纤尘不染，正是诗人品格的写照。

耳听蝉，心悟禅。把大把大把的时光寄存在听蝉居，就是诗意的栖居了。

听蝉居共有30间客房，每个房间都有独特的风格和诗意的氛围，连房间号都不是冷冰冰的数字，而是书斋一样的典雅名称：有的是词牌名——水龙吟、浪淘沙、浣溪沙、渔家傲、临江仙、望海潮、忆江南、永遇乐、满庭芳；有的是从古诗名句中摘词命名——人境庐、柴门居、天水居、一苇居、枕涛居；北欧风格的房间摆上一摞名著，并用书名呼之——挪威森林、呼啸山庄、纯真年代、绿野仙踪、北欧童话、老人与海……

一楼的茶社用小桥流水将茶香丽舍、在河之洲、近水楼台、临河后街等包间分置在四周，不管你走进哪一个茶室，都有余音绕梁，茶香满屋。进入茶社的主通道用磨盘铺就，质朴古雅；防腐木小桥下面是一汪碧水，水中游鱼翩翩，绿草悠悠，茶室仿佛浮于水上，状如轻舟。

侧门之外是一个小花园，园内鲜花绽笑，绿草如茵，柴门上爬满紫藤，竹篱墙过滤掉喧嚣。让人感觉走进听蝉居，就像走进一首诗，走进一幅画，走进一段绵长的禅意。临窗，静卧，修心，造梦，美好的茶旅生活伴着朝阳与晨露，伴着灯光与星辉，等着你。

这么一个诗情画意的地方，正适合文学生长、诗歌栽培，加之主人又是一个文学爱好者，与市内外诗人作家多有过往，于是听蝉居文学部落便在听蝉居筑巢落户了。

多彩的活动把听蝉居塑造成民间小文联

听蝉居文学部落自成立以来已集聚了以宿迁市城区两区为主、含少量市辖三县的作家诗人文友130余位，包括宿迁籍著名作家诗人刘家魁、王清平、胡继风、范金华、陈法玉、周永文、洪声、刘娟、莫云、袁沭淮、陈家声等。他们以文为友，以茶为媒，相约吟诵，相聚品读，形成了被宿迁各界关注的文学现象。

听蝉居文学部落成立以来，定期开展新春诗会、端午诗会、中秋诗会、世界诗歌日诗会等活动，不定期开展作家诗人、文集诗集的研讨、赏读活动。两年来共开展活动20余场，为刘家魁、周永文、张克铖、安春红、“中国好人”侍邱七老等作者举行了新书赏读会。除了文学活动以外，听蝉居文学部落还邀请著名书法家朱志刚、孙个秦，古代收藏家王相的研究者袁海员，楹联高手赵志安等开设讲座。宿迁市文联主席仲向阳、作协主席王清平、书协主席张守跃、摄协副主席杜永昌等多次到听蝉居指导工作、参与活动。难怪大家戏称听蝉居为宿迁民间小文联。

听蝉居文学部落举办的活动几乎每次都能给参与者留下深刻的印象和难忘的回忆。

2018年端午节前一天是父亲节，听蝉居文学部落的活动主题确定为“纪念·感恩端午诗会”，将纪念屈原和感恩父亲结合起来，几十位活动参与者朗诵了自己创作的关于屈原和父亲的诗歌，情真意切，动人心魄，现场唏嘘不断，涕泪涟涟。中午大家又自己动手，烧龙虾、煮鸭蛋、包粽子、喝黄酒，把这个端午节过得大快朵颐、文化味十足。

2019 年端午节又与六一儿童节接近，在此之前恰逢著名诗人刘家魁先生的新诗集《在白纸上散步或飞翔》问世，于是听蝉居文学部落当年的活动主题有了：“永葆童心　拥抱端午——刘家魁新诗抢读会”。活动受到了前所未有的追捧，报名人数接近百人，与会者年龄跨度从 9 岁到 70 岁。六一儿童节正是周日，听蝉居里济济一堂，连小桥上、过道里都站满了人。策划者事先给每人都准备了一条红领巾，开场之前先齐唱《少先队队歌》《让我们荡起双桨》等儿童歌曲，历经沧桑的人仿佛一下子返老还童，气氛十分热烈。刘家魁老师签名赠书，并深情讲述自己的创作经历；与会者争相朗诵刘老师的诗作，大朋友和小朋友一起携手共度了一个快乐的儿童节。

古黄河畔诗意盎然，听蝉居内琅琅书声！听蝉居文学部落为宿迁文明城市建设做出了自己特有的贡献。

插上诗歌的翅膀携手走向远方

听蝉居文学部落属于民间自发组织，活动场地和茶水由听蝉居茶旅空间免费提供，小型聚餐大家各自随意带点儿食材在听蝉居厨房自己动手加工。宿迁学院的曹志成教授厨艺高超，几乎每次都是他主动下厨，被戏称为曹大厨，穿围裙、拿锅铲朗诵诗歌是他的标志形象。大型聚餐为 AA 制或轮流坐庄。这种活动与其说是对文学事业的热爱，不如说是对浪漫生活方式的追求。让缪斯女神的目光照亮日渐油腻的心灵，让字里行间的诗意流进不断世俗化的生活，这可能比发表一篇文章、出版一本诗集更有意义和价值。

2019 年 8 月 10 日至 13 日，为期 4 天的“全国著名作家诗人宿迁采风行系列活动”在酒都花乡宿迁市成功举办。活动首站就选在古黄河畔的听蝉居茶旅空间。山西省文联《九州诗文》《当代诗人》杂志主编毕福堂、陕西省《延河诗歌特刊》副主编王桂林和季风、蓉儿、傅荣生、魏晓泓、巩大兵、罗玉玲等来自全国各地的著名诗人，以及本地知名作家诗人、嘉宾共 30 余人参加了采风行系列活动。

作家诗人们对听蝉居茶旅空间赞不绝口，他们仿佛在这里找到了安放心灵的空间，诗情被深深激发，美妙的诗句从笔端汩汩流出。

宿迁诗人周永文写道：每次来到听蝉居 / 都会流连它的古琴清音 / 那些江湖上的油腻 / 那些世俗里的荤腥 / 逼着我在一杯杯清茶里 / 清洗一天的行程。

淮安诗人季风写道：在听蝉居我喜欢听蝉们大声朗读 / 第一句，是琴声 / 第二声，是瑟语 / 琴瑟和鸣的家园 / 能听到流水在册页上书写出的音乐 / 听到波涛和浪花，从石头内部 / 被列队驱赶而出的笑声 / 在这里，诗书画和一群笔墨茶客聚在一起 / 就是家的模样。

东北诗人魏晓泓写道：古黄河左岸不大 / 听蝉居江湖不小 / 十里八里小憩 / 百里千里栖息 / 一首诗，一本书 / 在这里升温，在这里知己 / 听蝉居只需一把椅子 / 面对淡定的古黄河 / 漂泊已久的心灵该有多么踏实 / 那些行走的赤子 / 在民间，有暖可取。

还有很多很多诗句，限于篇幅在这里不一一展陈。可以毫不夸张地说，自 2017 年 6 月 28 日听蝉居茶旅空间开业以来，直接吟诵听蝉居的散文、诗歌、辞赋、楹联，足够出一本书。就连听蝉居的女主人徐卫华也禁不住要《用诗歌改装听蝉居》：利奇马来的那天 / 听蝉居被重新装潢 / 这场台风 / 就是为了送来一群诗人工匠 / 他们用诗句来改装 / 用情感做涂料 / 用意境当色彩 / 用奇幻的想象来设计 / 于是听蝉居 / 在吟诵中重生 / 成为诗意的栖居地。

这些诗句就像一双双翅膀，带着听蝉居和听蝉居文学部落，向更高、更远的未来飞翔！

马陵夜市

马陵夜市原先开在马陵公园东门对面的马陵路上。大路白天照常行人走车，夜幕一降临，两头栏杆一横，交通管制，车辆禁行，大马路就变成小市场了。

人行道上是卖东西的，内衣副袖袜子鞋，毛绒玩具旧书刊，手电台灯录像带，杂七杂八什么都有，货物品类合起来开个大超市估计问题不大。转的人多买的人少，不图购物就图玩，摆摊子的心态也好，能卖就卖点，无人问津也无所谓，打发时间赚个意外。

快车道宽，集中开大排档。从东到西搭了许多个棚子，围成若干小院，方桌长板凳，电炉煤气灶，水饺面条盖浇饭，煎炒烹炸涮，样样齐全。夜幕降临的时候，一条马路灯火通明、人声鼎沸，方桌圆凳前围坐着穿红着绿的青年男女、兴趣盎然的老人孩子。老板在炉前操刀掌勺，小姐姐在桌旁穿梭服务，一派繁华热闹景象。

“风餐露宿”一词是用来形容野外生活艰辛的，现在为什么众多的人舍华堂而餐风食露呢？一位大排档的常客告诉我，吃的是这份情趣。

几个朋友街头漫步，然后月下小酌，享清凉夜风，叙人间真情。几盘小菜，两杯扎啤，轻松随便，又可赏眼前夜景，不似在室内几个人被墙包围着，只能吃菜喝酒，别无情趣。

或有一对情侣，爱情之路走累了，在大排档前驻足歇脚，面对面坐着，在星光和灯光酝酿的氛围中，将深情和爱恋送给对方。情侣们是不愿下大馆子的，那个地方太严肃、太拘谨。

大排档更是家庭聚餐的好去处。燥热的夜晚，主妇们不愿为一餐而挥汗，携夫挈子，在公园里优哉游哉，然后在大排档，一家人围着方桌，邀酒点菜，别有一番趣味，既丰富了家庭生活，又开阔了孩子的眼界。

许多人热衷大排档，为的就是一缕星光，一阵清风，一层薄露，一片人语。

毕竟占道经营影响交通，马陵路改造完成后，马陵夜市就搬到了工人电影院西侧石坡岸了。

石坡岸这个地名有来头。1128 年开封留守杜充炸开黄河大堤企图阻挡金军南下，从此黄河夺淮入海长达 700 余年。那时候宿迁大地上的黄河可不似现在黄河故道这般温柔，而是汹涌澎湃的黄河。明朝治水领袖潘季驯筑石坡岸阻挡黄水横流，1855 年黄河又改道北行，水位后退，留下了石坡岸这个地名沿用至今。清代宿迁籍著名女诗人倪瑞璇就出生在石坡岸三条涧，她英年早逝以后，有人将马陵公园西望河楼改建成倪瑞璇图书馆，收藏其生平作品，可惜 1938 年日军轰炸宿城时图书馆被毁。虽然现在已了无倪瑞璇的一丝痕迹，但她的名字却永远镌刻在石坡岸上，为后人所敬仰。

石坡岸地块原为民居，拆迁后，马陵夜市遂移步至此。新建的马陵夜市钢架结构，围墙封顶，就是个大屋，不再有星光洒下、微风轻拂、夜露侵肌，失去了露天大排档的特有韵味，生意渐渐惨淡，马陵夜市的风情随着文明城市建设的推进，只能去记忆中寻找了。

祖坟

中国人有寻根问祖的传统，祖先崇拜由来已久。因此编家谱、追先贤极为盛行。但遗憾的是我们老王家没有家谱传世。俗语说九刘十八张一百单八王，意思是王姓支系众多，我们仅仅笼统地知道自己是三槐王，至于哪个堂哪一支，则无从知晓。

我曾去山西洪洞县寻根，我曾去太原晋祠王氏祠堂问祖，也曾到临沂王羲之故里寻访琅琊王氏踪迹，还去过南京乌衣巷拜谒王谢遗迹。但缺乏必要的人物和先祖建立起联系，支系的来龙去脉就失去了线索。

好在我们有祖坟。

据老辈讲，我们的祖先是从浙江迁居而来的，不知能否与琅琊王氏沾亲带故。大约 200 年前，大概清朝乾嘉时期，老祖宗进京赶考，却屡试不中，无颜见江东父老，就在侍邱湖畔安家落户，娶妻生子，积年累月，便繁衍成宿豫区侍岭镇信昌村小王庄。

老祖宗乃读书之人，略通堪舆，临终前留下遗言，说出殡抬棺时用稻草绳捆着抬，朝西走，到哪儿绳断了就埋在哪儿，那儿就是风水宝地。后辈照此执行，送葬队伍行至邹大庄西边路旁，捆棺绳断了，便就地挖坑掩埋。第二天圆坟时惊现奇迹，那坟头一夜之间竟蹿至数丈高，坟上还长了一棵叫不出名字的树，已有碗口粗细。

邹姓是我们村的大姓，信昌村名虽来自烈士王信昌，但十里八乡都呼之邹大庄。邹氏家谱记载，邹姓始祖邹聚公自元末明初从常州迁居此地，至今已繁衍 600 余年，势力远在王姓之上。那时的邹姓族人一看姓王的坟墓长成一座小山，遂愤愤不平，连夜派人偷偷将坟铲平。哪知第二天天亮坟又完好如初，天天铲，天天长。坟上的树也出奇，砍断就长，天天砍，天天长。他们请高人指点，说午夜子时组织 7 名妇女赤身裸体用开水将那棵树浇死，坟就不长了，否则对邹姓不利。他们照着做了，果真灵验。我的祖先了解真相后，带着杈把扫帚扬场锨，跟姓邹的大干了一架。从那以后每逢清明扫墓添坟都会遭到邹姓的阻挠，免不了发生冲突，大动干戈。200 多年来年年如是，我记忆中有几年还惊动了派出所，成为治安事件。

对这个略带传奇色彩的家族起源说，我是宁愿信其有的。因为祖坟就在村西乡道旁的两条小河之间。200 余年来，社会变迁，朝代更迭，挖过河，修过路，扩村庄，旱改水，祖坟从未碍过事。我记忆中祖坟差不多有堂屋这么高，现在只剩一个小坟疙瘩，偏居在邹姓人家的麦田里。但只要祖先的灵柩和灵魂还在这里，它就会像山一样遮风挡雨，庇佑着后代。

再过一阵子就是清明节了，就在这两天，我的父老乡亲又会组织在家的青壮劳力去给祖坟添土动新。愿我的祖辈在天国祥瑞安好，也请护佑你的子孙后代在人间和谐幸福！

院子里长了青苔

端午节上午，带母亲回老家过节。刚打开院门，我就被眼前的景象惊呆了，院子水泥地坪上竟渗出了一层绿茵茵的青苔，“草色遥看近却无”的样子，但绝没有“最是一年春好处”的感觉。

前几天一场大雨漫过我的家乡，可以想见，当时院子里一定水流如注。不过就算水过地皮湿，也不至于长出青苔啊。

父亲去世后，母亲执意还要住在老宅子上，偌大一个院子就一个 80 多岁的老太太，也有过大雨滂沱的时候吧，但青苔是从不敢造次的。半个月前好说歹说，母亲才同意搬进城里。关门上锁，就将这老家宅院留给清风明月，留给树荫鸟鸣吧。这离开家才 15 天，再回来，境况就变了，院子整个被青苔攻占了；非但是青苔，青草也从地坪裂缝里冒了出来，站成一排，耀武扬威的做派；蛛网除了查封了炉台，还在卧室窗户内侧作业，似又蒙上了一层纱网。

这些情景在家里有人住的时候是断不会发生的，哪怕就一个人住，哪怕十天八天不打扫卫生，那些东西也不会来侵蚀人的生存空间。我一直相信，人的气息有着巨大的能量，虽不能让百毒不侵，但叫万物避让是完全可能的。

浙江舟山有一个海岛，原本住着人家，后因交通不便，村民全部搬走了，留下一栋栋石头房子。这些无人居住的房子就成了爬山虎等攀缘植物的支架，时间久了，竟至全然覆盖，成为独具特色的绿房子。我相信，事实也确如此，是因为没有了人的气息，爬山虎才有机可乘的。我住的房子西山墙也有爬山虎爬过，但遇到窗户，它就躲得远远的，里面的气息使它无法靠近。

有人对比人和地球上的其他生物，单凭局部功能，一只感冒的狗的嗅觉也比人类强千倍万倍，速度、力量、攀爬，等等，小小的蚂蚁都胜过伟大的人类。但就综合能量来说万事万物在人类面前都得退避三舍、甘拜下风。而人类一旦离开，人的气息一旦远离，动物、植物、微生物就会报复性地侵占它们曾经不敢靠近的空间。所谓家园废失，不是墙倒屋塌，而是支撑家园的气息不再流动。家是一时一刻也不能离开家人的，亲人的逝去和远离可能就是家园废失的开始。

看着那石缝里的野草和地坪上的苔藓，我的眼角竟潮湿起来。母亲扶着轮椅家前屋后四处走动，仿佛离家很久很久，嘴里自言自语嘟哝着，这里又长草了，那里瓜秧又长高了。我知道，这一刻，她的气息又充盈着这个偌大的院子。

母亲住进养老院

我不知道把母亲送进养老院是不是一种不孝。

去年腊月父亲去世，老家偌大的院子只有母亲一人居住。母亲几年前摔伤了腿，出院后虽然生活尚能自理，但腿脚不够活泛，离了拐杖或轮椅走路都很吃力。堂屋弄了无障碍通道也无济于事，提水烧锅，浆浆洗洗的，对一个 80 多岁的老人哪那么容易。房前屋后还有几分小园地，母亲舍不得撂荒，还要种点儿青菜、点点儿萝卜什么的，明知自己不能干，还偏要去侍弄，也不是故意暗示子女干，一辈子当农民，见不得怠慢土地。

年前那十来天老二没出去打工，在家陪母亲；正月里姐姐天天来，出正月农村渐渐有活了，也不能一天到晚待在老家，就改成早上来把一天三顿饭弄好，第一顿现吃，第二顿、第三顿母亲自己热热吃。余下大半天时间家里就母亲一个人，白天还好，夜里黑灯瞎火的，出来进去让人提心吊胆，长期这样肯定不行。

其实母亲去邻村姐姐家住是最可行的，但老人家有一个执念，养老送终是儿子的事，怎么能去闺女家呢？七老八十的，七十不留宿八十不留饭，万一在人家家里要有个好歹怎么办。母亲说的不无道理。我是长子，那就去我家。她也不愿意。我住城里商品房，上班后家里就剩她自己，用母亲的话说，跟蹲牢似的，不死也给憋死了，不去。老二在外打工，年头出去年尾才回；老三在镇上做生意，楼下开店楼上住人，楼梯又窄又陡，母亲根本没办法上下楼。思来想去只有去养老院是最佳方案了。跟母亲一说，她先是沉默，接着自言自语道，倒活恁大年纪有啥用，还不如死了拉倒。看来母亲不愿意去养老院。农村有传言，养老院会虐待老人，吃的不好不说，不好好吃饭还用耳巴扇。

这我就犯难了，到底该怎么办呢？几天后我去宿豫区民政局有事，跟老朋友张少剑局长谈及此事，他说：好办，这事交给我。去年他家也遇到相似情况，他们局里主办的安汇养老院推出免费试住服务，老人先来免费住一周，合适就留下来，不合适走人。他母亲开始对养老院也抵触，试住以后欢欢喜喜地留下来了，从来不提要回家。我当即拨通了家里的电话，少剑竟把母亲说服了。

安汇养老院门口挂牌名称叫安汇老年护理院，位于宿豫区西楚大道和黄山路交会处东南侧，毗邻老年大学，周边树影扶疏，还算幽静。大门内侧雕刻着《孟子·梁惠王上》里的一句话："老吾老以及人之老。"这个标语我喜欢，把孟子的这句至理名言作为办院宗旨，倒是很有情怀，希望这里的工作人员真能把"人之老"当成"吾老"来对待。

母亲是去年 6 月住进养老院的。走进大门，一方荷塘居在楼前，藕叶绿得正浓，水草茂盛簇拥，水边卵石镶嵌，一段木桥从塘中穿过，像鼻梁一般把水波分成双眸。主楼前是一个很大的门厅，七八个老者坐在椅子上乘凉，他们坐姿各异，有的两腿直伸，有的双腿交叉，有的一脚盘在椅面，有的跷着二郎腿，他们并不聊天，也没有打盹儿，目光散乱地注视着前方或脚下，表情有点木然，不像在思索，也不像在回忆。大厅中间是一个圆形的工作台，跟医院类似，有工作人员值守；沙发上的老人姿势更随意些，有坐着，有躺着，有歪着，手里或身旁都有拐杖相伴；工作台的圆弧外有几位老人直接坐在轮椅上，面对着沙发上的同伴。他们同样不怎么聊天，各自把目光投向眼前或脚下。老年人群的聚集就是这样，要是换作小孩那肯定是叽叽喳喳闹个不停，要是换作年轻人肯定都手捧手机玩个不停，老年人走到了人生道路的尾程，啥都经过了，既不想说也不想玩了，这就叫岁月静好吧。

母亲被安排在305房间，跟一个年龄相仿的老太太同住。那老太太皮肤白皙，头发梳得整整齐齐，着一件对襟盘扣花褂，看上去俏呱呱的。那老太太虽也80岁出头，但明显身体更硬朗些。起先我以为她是个退休干部或教师，聊天得知也来自农村，18岁入党，年轻时一直担任大队妇女主任，也算个基层干部了。我母亲也是个要强的主儿，19岁入的党。两个有着60多年党龄的老党员住一屋应该很和谐吧。

第一天我全天都在养老院陪母亲，带她熟悉环境，陪她吃了第一顿饭，就像送不谙世事的孩子初进幼儿园一样，各种安慰，各种交代，直到夜幕降临我才离开。可是我还没到家母亲电话就打过来了，说屋里热她要开空调同屋老太太不给开。母亲在老家住很少开空调，可能新来乍到心里有点急，我安慰她说老年人夜里吹空调对身体不好，骗她说夜里开空调还要自己掏钱，她这才勉强睡去。

第二天一天无事，夜里10点多母亲突然打电话来说不想住养老院了，要我现在就送她回家，话音里还带着哭腔。这是怎么回事？

安汇养老院房屋布局跟医院病房类似，适老设施也齐全，工作人员除了服务员，还有医生和护士。像我母亲这样行动不便的，三餐会送到房间，服务人员给洗衣服洗澡，吃的药也配好按时送。我问母亲感觉怎样，她说不孬，这里服务员怪好，有说有笑，对人亲热。

第一天感觉怪好，第二天怎么就闹着要回家呢？我和爱人赶紧驱车前往，到了房间，两位老太太都没睡觉，穿得整整齐齐坐在各自的床上你一句我一句地在吵架。她们虽然年龄大了，好多机能都下降了，但是嗓门儿一点没老，估计隔几个房间都能听到。我们到了后双方都找到了进一步提高嗓门的理由，吵得更带劲儿了。听了半天，也没什么大问题，无非就是空调开不开，电视放不放，声音大了还是小了，洗脚在卫生间还是在房间。我跟母亲说，她先来你后到，得遵从人家的习惯，两好搁一好，慢慢适应，又不是在自家。见我如是说，那个老太太仿佛得了理，大声说道：俺没见过你母亲这样的人，一睁眼就放电视，深更半夜还看，你不睡觉人也不睡啊？嘟噜嘟噜一大套，到底做过干部的，真能说。看来私下调解不好了，得经公。我打电话给院长，院长安排值班服务员立即赶来，不等明天了，现在就调房间，我母亲搬到五楼，跟一个刚过60的岁数小一点的老人住一屋。路上服务员跟我说，那个老太太就想一个人住，已经被她讹走三个人了。人生处处有江湖啊！

试住期满后我问母亲是否满意，她说还好，就是太贵了，一个月2000多块，谁能住得起啊？还是回家吧。我说又不要你出钱，都是儿女出钱，况且这真不贵，请一个保姆一月还得三四千呢。母亲一生节俭，从未一个月开销过2000多块钱，虽然是我们做晚辈的出钱，但是她真心心疼，这我知道。母亲一辈子好强，到老却落下个手脚不便的毛病，但她不服老，还以为自己能纵能蹦呢，其实真的回家，没人照顾她连饭也吃不上。

嘴上说着要回家，但真正住下来，慢慢也就适应了，跟同屋和左邻右舍有说有笑渐渐就熟络了。我每周去看母亲一次，她都会给我讲养老院里的故事。有一个老太太，三个儿子三个闺女，三个儿子都不问她事，是三个闺女出钱把她送来养老院的。都说养儿能防老，到头来还是闺女好。说完抬头看我一眼，自知有误，忙改口道俺儿子好。有一个老先生在家死跟老伴儿吵仗，一吵仗就骂他，没有法子，偷偷跑来养老院住，都几年了，他老伴儿也不知道。还有一个先生可能是老干部，年轻时打过仗，他什么都懂，经常讲上前线的事儿，他见人就作揖，到底是识文解字的。

母亲讲这些故事时，我突然冒出一个念头，来养老院住一段时间，采访每一个老人，听听他们的人生故事。这些老人每人身后都拖着一条长长的人生道路，有曲折有泥泞，有辉煌有无奈；他们来养老院也都有各自的理由和苦衷，有主动有被动，有欢喜有伤怀。把这些故事写出来，对已经老了和即将老了的人们也许会有一点启迪和参考。特别是那个喜欢讲战争的老干部，他的经历一定很丰富很精彩。我把这个想法跟院长说了，院长说非常支持非常欢迎。仅仅过了不到一个月，我还没想好怎样下笔来写，母亲说那个见人就作揖的老革命走了。人的生命很脆弱，老人的生命更脆弱，指不定哪天来了一阵风就将步履蹒跚的身影吹倒，再也爬不起来了。

养老院里老人去世应该是再平常不过的一件事。一次周末我去看母亲，母亲说隔壁的老头昨晚上吊死了。安汇养老院管理很好，每晚值班人员都要到各房间查房，两小时一次，生怕老人有什么闪失。但意外还是发生了，那个人有病，可能受不了疼痛，就自我了断了。我问母亲怕不怕，她说不怕，这有什么怕的，早晚都有这一天。

我每个月带母亲回一次老家。其实老家只剩房子了，也没啥看的。但母亲执意每月都要回家一次，她会数着日子，只要快到一个月了我还没带她去，她就打电话提醒我。有一次还没到一个月，但过两天气温要大降，那个周末很暖和，我说今天带她回家。她意外而开心地笑出了声，就像寄宿已久突然学校宣布放假的学生一样。到了村口，我把车开得很慢，车窗全部摇下来，左邻右舍大爷大娘看到我母亲回来了都会围拢过来，问长问短，这是母亲最幸福的时刻，她享受这种来自乡邻的问候。母亲进养老院后脸色变得好看多了，不但白皙，白里还透着红意。村里人开始担心她在养老院会受屈，现在夸她享福了，她就说享什么福啊，花钱受罪。到家以后，我把大门打开大敞着，她先各屋巡查一遍，家前屋后小园地看看，然后就坐在大门口朝路上瞅，骑三轮车、电动车的经过都会打一声招呼；一会儿西院成岭哥、建元、志朵过来坐一会儿；如果没有人来，我就去前边把俺三娘喊过来跟她聊，拉拉家长里短生老病死。

有这些亲邻在，老家就有存在的意义。再说，那些生活用具还在，锅碗瓢盆、被卧行囊，还有杈把扫帚扬场锨都在，生活几十年的记忆，还有父亲的身影，也都收藏在院子里。母亲说她每次回家都会觉着我父亲还在，是他在看着这个家。有一次是秋天回来的，院子里落了满地树叶，显得有点荒凉。母亲一下意识到父亲不在了，她说要是你爸还在，这院子就一直是干干净净的。

母亲现在的同伴年轻，才 60 岁出头儿，比我姐还小一岁。母亲让我们叫她张姐，她喊我母亲王奶奶。她这个岁数不该住养老院啊，身体很硬朗，啥都能干。她说，农村老家房迁了，两个儿子都在城里买了房，不值得再在农村安置点买房，跟儿孙们挤在一起还不如来养老院自在，权当租房子的，还供吃。闲不住，就到食堂去帮忙，时间长了就当个人手用了。开始是打庆功（免费干活），后来院里过意不去，就让她用劳动抵费用，这样也怪好。

院里隔三岔五还会搞一些活动，就是把老人聚集在活动大厅里，拍拍手，伸伸腰，剪个纸，描个画。工作人员马护士有我微信，就拍个小视频发给我，我越发感觉养老院就像老年幼儿园。有人说人生就是一种轮回，从蹒跚学步走到巅峰后开始走下坡路，到了晚年又回到幼儿状态，就像太阳从东方冉冉升起，如日中天后走向夕阳无限好，朝霞和晚霞一样都温馨而炫彩。我觉得对待老人能像对待幼儿一样就是最好的孝。我们刚把母亲送到养老院时，村里不乏议论，也有人把不孝的标签朝我们兄弟几个身上贴，我的叔叔还为此提醒过我。能居家养老固然很好，但是当条件不允许时，选一家合适的养老机构未必不是一件好事。只要父母笑，就是儿女孝。

每年中秋和过年我们一大家子都一起过，中秋节前一天我给母亲打电话，说明天去接她回老家过节。我以为母亲一定会非常高兴和期待，没承想她竟然说，几个老姊妹都说在这里过，还有联欢会。回家吃一顿饭就回来了，还不够折腾的。我以为母亲只是说说，第二天去接她，她还来真的了，说大家一起过热闹。看来母亲已经融入这个大家庭，把这儿当成家了。

割青草

昨夜下了一场雨，今晨醒来，弥天里都是湿漉漉的感觉。小区绿化带的青草显得特别兴奋，直竖竖的，挺直了腰杆，舒展了双臂，鲜鲜嫩嫩，青青翠翠，格外养眼。草叶眼睛睁得大大的，很神气。另一些叶瓣上挂着水珠，像刚洗完脸，还没来得及擦拭。不是一株两株这样，整片整片的都是，似乎很有秩序地排列着，像出操的队伍。

看着这一大片精神抖擞的青草，我心里很激动。这些都是我熟悉的草，有毛骨草，有八根草，有七牙草，还有绵羊尾巴。这些草本来都生活在乡下我老家的田间地头，不知什么时候也随我搬到了城里，就住在我家院门前的绿地上。

我从小就跟这些草打交道。小时候一放学就和邻居三丫、铁蛋儿一起提着竹篮子下地割猪菜，沿着稻田地的田埂，拣嫩秧割。一群叽叽喳喳的孩子穿行在青青亮亮的稻畦间，就像跳动的音符穿行在五线谱上。

再大一点割猪菜的劳动已经不能满足家庭的要求，开始给生产队割牛草，挣工分。割牛草得扤大粪箕子，一粪嘴青草起码有三四十、四五十斤。那得到西湖的六支渠沟沿上去割，那儿有大片大片的青草，有毛骨草，有八根草，有七牙草，还有绵羊尾巴，还有很多杂七杂八的草，我都忘了它们叫什么名字。一人分一段河沿，弓着腰，右手挥镰，左手攥草，一把一把地割。有一段草不深，就双手挥镰，把草乱七八糟地割在地上，然后归拢。

每人的粪箕差不多割满的时候，大家也不急于回家，开始做一种叫砍菜把子的游戏。砍菜把子这种叫法有点土，古人叫斗草，晏殊有词曰："疑怪昨宵春梦好，元是今朝斗草赢。"每人拿出一小堆草，一字排开，在几米远的前方画一道杠，依次站在草摊前，用镰刀掷向那道杠，以距离杠的远近决定头家二家三家，然后按先后次序站在杠前，拿镰刀砍向那一堆堆菜把子，砍到了几堆几堆草就归你。赢了自然高兴万分，输了也落得快活。

劳动本是一件枯燥而艰辛的事情，但加入了游戏的成分，非但不厌烦，反而乐趣无穷。多少少年时的课外时光，就这样在广袤的田野上、在青青的碧草间，伴着欢笑，伴着轻舞，惬意地度过了。

看着眼前这些熟悉的青草，我有一种想割的冲动。蹲下来，用手轻轻地抚摸着沾着露水的鲜嫩的小草，割的愿望顿时消失了。这不是童年乡村的田野，这是城市高楼间隙里长出的一片翠绿，它美化了这个雨后的清晨，也萌出了我的一份乡土的回忆。

村里的树

村里熟悉的树越来越少了。

我家东旁小河边的一排高大粗壮的白杨，因为修路全被刨了。这排树健在的时候，浓荫遮蔽，每到夏天的傍晚，我们全家还有邻居都会聚集到这里，乘凉，聊天，谈农事。我家的狗和邻居家的狗也来，趴在主人脚边的阴凉地偷听。

大伯家井沿儿的一棵老榆树也死了，不知是因为那口井吸干了水，还是因为小河堤坍塌流失了土，那棵我的祖父都数不清年轮的老榆树不知哪一天就死了。这棵榆树上挂着我许多童年的记忆，印象最深的就是每年春天去摘榆树刚发的嫩芽，回家让母亲用盐码码就是难得的美味。

大奶家紧靠院墙的那棵桑树还在我的记忆里生长着，那满树的桑葚是我整个童年最可口的点心。

国顺家屋后的6棵泡桐早已变成家具了，如今那儿成了宅基地，落了新户。但那一到夏天就争相竞放的淡紫色泡桐花还在我的少年岁月里摇曳飘香。

还有大桥头的几棵大柳树，那儿可是全村人消夏的胜地，因为大桥的拓宽加长，那浓浓的树荫只有去记忆中寻找了。就连东湖大沟沿儿的一排钢针树也已因修高速公路被全部砍伐。

现在每次回老家，走在崭新的树荫下，我都有种陌生的感觉。微风中轻摆的树枝没有一枝是跟我打招呼的。那些树都是我离开村庄后栽的，有的已经高大，有的还很弱小，但它们可能都不认识我。我参加工作以后一两个月，有时甚至半年才回家一次。走在家乡新铺的水泥路上，它们以为是过客。村庄留下我脚印的坑坑洼洼的土路，已被水泥路面覆盖，这些新栽的树恐怕没什么印象。

新栽的树一律都是杨树，长得很快。不开花，也不结果实。不知它的枝丫上是否也挂着现在孩子的童年记忆。

村里熟悉的人也越来越少了。

前几年我就发现，西湖二斗渠边的一个看树的棚子拆了。那是成桥哥住的，他现在搬到渠东树丛中的一抔黄土里了。虽叫哥，但他比我父亲还大。成桥哥定格在我心中的形象是小秧落谷时的耙地情形。在水波荡漾、绿意隐约的田畴里，成桥哥双脚踩耙，斜立着身子，左手拉缰，右手扬鞭，老牛把那耙拉得就像冲浪的帆板，他在水田上飘飞，很帅气、很潇洒。鞭梢偶尔抖出清脆的哨音，伴着悠扬、顿挫的吆喝，田园诗一般在初夏的田野回荡。

记不清是哪次回家，母亲告诉我，伯元死了。伯元只比我大几岁，高中毕业后子承父业做了木匠，靠斧头刨子走天下，但境况一直不怎么好。麦收季节下湖干活，不知是累的还是乏了，平车放在路边，人躺上去就睡着了，还是邻居顺便把他拽回了家，但到家后就再没醒过来。

每次回家，母亲总喜欢跟我讲婚丧嫁娶的事。谁家娶了媳妇，得了孙子。但这些我都记不住，那些名字很陌生，只有说出他们的父辈或祖辈，我才能将他们的支脉理顺。但说到谁谁不在了，我却清楚得很，那都是我熟悉的名字，熟悉的音容笑貌就在某一天停了下来。

村里最后一位小脚老太太也不在了，我还一直惦记着想给她拍张在屋檐底下伸着脚晒太阳的照片。她脚上的那段历史永远不会重现，值得留存。母亲没有跟我说起过她的故去。有一天我带了相机回家，跟母亲说起这事，母亲悠悠地说，她已走了好几年了。

就在母亲的叙述中，众元、小寒、成通、蔡孝湖、老铁壳等，当然还包括我亲自参加葬礼的伯父伯母，一长串名字从村里移到了村外的路边沟沿不适合耕种的空地上。

我担心有一天我出生和成长的这个村庄会离我越来越远。所以现在每次回家，我都会在村里新铺的水泥路上来回走几遍。我要熟悉路边新栽的每一棵树，也让每一棵树都熟悉我；我要把我的身影和音容印在路边玩耍的小孩的瞳孔上，也打听他们的名字和名字背后的家世。当然，如果可能，我要把我的脚印印在这坚固的水泥地上，让这条路、路边的树，以及随便哪个季节吹来的一阵风都能明白，这双脚从来没走出过这个村庄。

风雨茅棚

出门时虽然不是艳阳天，但也没有下雨的迹象。天上有几堆黑白掺杂的云，被风推着，快速向西南方向移动。隔一阵子太阳就被遮住，投下一大片阴凉。我骑着自行车追逐这阴凉，去奔我的前程。走着走着，不知不觉间不用追赶了，整个路面都被阴凉覆盖。我抬头看了看天，天上的云堆连成一体了，只在两大朵接口处还有暗暗的白，仿佛留着用作观察云的走向。

看得出那云越来越重，快要兜不住水了。果不其然，豆大的雨点就击破云层，砸将下来。起初还是一粒一粒地滴，不一会儿就整斗朝下倒，那天已不是天，就是一条倒扣着的江，水——用“雨”字已不足以形容——把全世界都淹没了，天地混沌。

路变成了河，我的单车是船。我处在前不巴村后不着店的境地，找不到一块避雨的地方，只能拼命在水里挣扎着。我感觉我就要被风撕碎，被劈头盖脸的水鞭抽晕。

就在我快要撑不住时，我隐隐约约地发现右前方的田地里有一个三角形的轮廓，根据我的生活经验，我估计那多半是老农看瓜的茅棚。

我祖父在世时就在田地里住着这样的茅棚。土夯的矮墙，木头搭成三角形的框架，秫秸扎的屋笆，上面苫着厚厚的草，门留在山墙上，叫山头门，没有窗户，白天屋里也瞎黑，一张小网床放在梁下，杈把扫帚扬场锨靠在门口。祖父不是看瓜，是看树，队里一农大堤上二里长的树都归他看管，他的活动范围就是这两里地。他不听广播不看电视，也很少跟人拉家长里短，整天乐呵呵地侍弄着这些树，又在茅棚前挖出一小片地，种点儿黄瓜茄子辣椒西红柿。我会和弟弟隔三岔五跑到祖父的茅棚里，虽然矮矮的、暗暗的，但感觉暖暖的、安安的。

看到这风雨中的茅棚，我就如同在茫茫沧海上抓到了一根救命稻草，连人带车直接塞进棚子里。看瓜的棚子只使用一个季节，要简陋一些，没有矮墙，檩条直接插到地上，山头也不堵，没有门，透风凉快，只是挡露避雨而已。可是对于此时的我来说它却胜过皇帝的金銮殿！

我把湿透的衣服脱下来拧干，赤身躺在网床上，听风声雨声被挡在檐外，看雨帘挂在三角形的山门，虽然水已经漫进了屋里，一阵旋风过来还会把雨点洒在我身上，但我还是感觉到从未有过的幸福。外面的高楼大厦、灯红酒绿、声色犬马都被雨帘遮住了，我看不见；外面的呼朋唤友、鲜花掌声、前呼后拥都被风声淹没了，我听不见。此时我心无旁骛简简单单地幸福着。不久就睡着了，不知也不管醒来后会是什么天。

老家情结

一

住在城里的不一定是城里人，很多人都有一个农村老家。我也是。不知怎么，在城里我常常浮躁，一到了农村老家，一颗漂浮的心就能沉静下来。走在窄窄的乡道上，看着高低错落的村舍和参差不齐的树木，凌乱的心一下子就静了。

二

城里的一天被三顿饭割成四段，每一段都很短，一天不知不觉就过去了。农村的一天则不然，粗粗的，长长的，像一粒饱满的种子。特别是农忙时节，天黑漆漆就起来，烧碗汤，吃块煎饼，就下湖了；上黑影才荷把锄头回家。满满的一天都用来劳作，可以做多少事啊。那麦地的垄沟很长，那屋后的树影很长，收割机拉出的隆隆声很长，乡村的岁月像一部民族奋斗史，很长很长。坐在老家的院子里，看着门外向两端延伸的小道和小河，我的思绪也很长很长……

三

坐在老家院子外的磨盘上，想，终有一天，岁月老了，追求老了，梦想老了，我会拄着拐杖、蹒跚着挪到门口，坐在矮凳子上，呆呆地看光阴一寸一寸消失，痴痴地等生命一寸一寸耗去。或许会盯着门前小路上走过的行人，猜想他是谁家的后生；或许会跟邻居话一话桑麻，预测秋后的收成；或许啥也不会想，不会说，就呆呆地、傻傻地，两眼发直，面无表情地坐着。

四

乡村的冬天才是真正的冬天，树木落光了叶子，在寒风中瑟缩着。曾被夏天浓荫掩藏的村舍这时都从树行里露出真容，像一个个朴实的农夫。我爬上自家的房顶，把目光投向田野，投向村庄里的家家户户，随便在哪儿停下来，都能感觉到朴素的温馨。而城里的冬天被过分包装，一点没有寒冷的感觉；就连绿植也四季如一地把浮华顶在头上，没有季节变换的感触。

五

其实中国人是有院子情结的，与其说是因为保守，不如说是源自隐逸。一圈院墙围起一个相对封闭的空间，借来清风明月、婆娑树影，独享一份宁静；支起几案，摆上茶盅，浅斟香茗，喧嚣与凡尘都被隔在墙外，你说惬意不惬意？

在农村老家有一个大院子，始是篱笆围墙，挡不住牲畜；后用土坯泥垛，禁不住风雨；现在红砖砌墙，坚固结实。院内养鸡养狗，种菜点豆。算是榆柳荫后檐，桃李罗堂前吧。

三尺篱墙，两扇柴门，数竿修竹，几方顽石，一案石儿，将这些中国音符组合在一起，不就是一曲中国院子吗？有文人气质、中国风情、隐逸做派的中国院子，等你来赏茗、清谈。

六

俺家家东有一条小河。叫小河其实只是随口一说，严格来说它不是河，只是一条排水渠，一年四季大部分时间都没有水，只在春栽秋种时节才从嶂山闸放水过来。但只要有水，小河就流成一道风景。清清浅浅的河水哗啦啦从河床漫过，一道细长的天空倒映在水面，向远处延伸。沟坡披挂着茶豆棵、山芋秧，绿油油的，衬得小河更加清秀。不知道现在河里还有没有鱼，我小时候这小河里有很多鱼，每当上游停水时，我们小伙伴就会扎个堰子捞鱼，一阵忙碌过后，半盆活蹦乱跳的鱼虾就端到锅台上了。

七

我以为把车停在老家的院子里我就是农民了。

打量着篱笆圈起的菜园子，冷不防被园障边的月季花惊呆了，这从城市花盆里迁居来的家伙一点也不认生，落户乡下不再忸怩羞涩，像个村姑落落大方，开得极为茂盛。

不远处两畦豆角秧沿着架子爬上爬下，长长的豆角悬垂着，随风摆动，像荡秋千，玩得正欢呢。

由于刚刚下过雨，水缸里溢满了水，倒映着隔壁邻居家的树影。那个从我记事之前就在俺家服役的水舀子里盛满岁月和光阴，仍若无其事地等待差遣。

那个再也派不上用场的碾磙黯然神伤地蜷缩在墙角，不知是否独自垂泪。

那个城里的月光不曾照耀过的粪箕子驮着一把艾草，预备着明天的端午节。

大门外是成排成排的树，在雨雾里暗自较劲。

沿着门前的水泥路走几步就是金黄的田野，麦子已然成熟，就等着晴天飞镰呢。

我站在路中间，拿手机拍照，一点没有农人的情绪和情感。这个雨天他们都在担心小麦的收成。我一下子很愧疚，我被城里的烟囱熏得有些不知所以。

母亲在锅屋准备晚饭，父亲在过道整理农具。

我以为我来到了农村就是农民了，其实不然。我的乡村生活只在记忆和文字里。

兽语

每次离开家门，大白都上蹿下跳，只要说出一个“走”字，它就激动万分，在门前跳了几跳后，将两个爪子扒在铁门上，甚至用嘴试图把门打开。但是当我们说出“上班了”三个字时，它就安安静静地把伸得老长的舌头缩回嘴里，两眼直勾勾地望着，目送我们离开家，直到消失在它的视线里。

这家伙能听懂人话。它最先听懂的当然是它的名字大白。从小到大只要你喊“大白”，无论它是在吃饭喝水，还是在嬉闹玩耍，它都会抬起头来递给你一个眼神，然后屁颠屁颠地跑到你跟前，把尾巴摇得像货郎鼓。

接下来能听懂“回来”和“慢点儿”。萨摩耶有个不大好听的绰号叫“撒手没”，意思是这货不听话，只要狗绳解开，一转眼它就无影无踪了。俺家大白还好，在它试图撒欢儿尥蹶子跑的时候，我大喝一声“回来”，它一个“急刹车”就停了下来，然后掉转狗头，夹着尾巴，耷拉着脑袋，不情不愿地回到我身边，那沮丧的表情让人忍俊不禁。萨摩耶是雪橇犬，劲儿很大，遛狗时经常出现它遛我的情况，它低着头，把我当雪橇一样使劲朝前拉。我就使出主人的淫威说“慢点儿！”，这家伙还算识相，便乖乖地慢下来。

大白有两个看家本领——坐和跳，在它看来这是讨好人类的最美语言。起初是有意训练，给它零食吃的时候让它坐或者跳，后来变成了它主动的索食手段。看到人手里拿着食物，它就前腿撑起，后腿屈放，屁股着地，做最标准的犬坐；或者跳起来，后腿直立，前腿做作揖状，直盯着你手里的食物，你想不给它都不好意思。

大白不但能听懂人类的语言，也懂得表达。它用的语言，是兽语，我们听不懂。我常常想，到底是人聪明还是狗聪明，狗能听懂那么多人言，我们却一句也听不懂兽语。其实在不同情境下犬吠声的长短、快慢、高低是不一样的，那可能就是它们的语言，但是人类没有破译出来。听不懂不要紧，它总有办法让你明白它要表达的意思。早上起来第一件事就是要出去遛弯儿，把它从笼子里放出来，它直奔大门；如果你没跟过去，它就跑回来，然后再冲向大门，跳起来前爪狂扒大门，似乎在说：快开门，我要出去！你还无动于衷，它会跑过来使劲推你一把，等于是催促你快点儿。这些肢体语言其实很好懂。

人有人言，兽有兽语。人与人不同语种之间需要翻译；兽与兽之间没有翻译，似乎也能互相表达；而人与兽之间，古今中外只听说过公冶长懂鸟语，其他异类翻译家还未曾听闻。但是人与兽之间只要用心，好像也不难沟通。看来只要心有灵犀，就能找到沟通的语言，不管是人与人之间，还是人与兽之间。

寻狗记

我们家萌宠大白因屡次丢失而走红朋友圈。

这不，夜半子时打开微信，各种群和朋友圈，蹦出来的都是好心人帮助转发的寻狗启事。

下午四五点钟，大白还在听蝉居和一群住店的小朋友玩得不亦乐乎，6 点多钟发现大白不在店里了。起初也没太在意，因为这家伙最近记性大长，每次大意跑出去都能安全回来，就没怎么用心去找。快 9 点了，还不见那纯白如雪山飞狐的身影，我们意识到大白走丢了。

大白近几年没怎么丢，以前走丢简直就是家常便饭。俗话说，狗记千猫记万小鸡能记一里半。意思是猫狗的记路能力惊人，所以才会有忠犬千里寻家的故事流传。但是萨摩耶例外，它是“雪橇三傻”之一，不是因为智力低下，可能是家的观念不强吧，抑或洒脱自如本性使然，小时候离家出走很少主动回来，养这劳什子没少为找它费心，多少次发誓再也不养狗了，养狗再也不养萨摩耶了，大白再丢了也不再去找它了。可是当它若无其事、萌态依旧、歪着头两眼无辜地看着你的时候，所有誓言都失效了。

大白至少有三次曲折复杂的丢失经历，堪称传奇狗生。

一次也是下午四五点钟，不知它使用什么手法把院门扒开，逃离家园，物业监控显示其大摇大摆地走出小区，消失在镜头里。我们走过了周边每一条街巷，始终无果。直到深夜 11 点，对面小区一个拉布拉多的主人过来告诉我们小区的门卫，说他家门口有一条萨摩耶在逗留。当时我们正在调监控，过去一看，果然是大白，它很淡定，一点没有抱歉认错的意思。大白的这四五个小时去了哪里，做了什么，成为历史之谜，永远无从查考。

第二次它竟然越过对面小区窜到供电局院子里，在一栋办公楼上遇见了一位爱狗的小帅哥，他把狗狗带回家，又送到宠物店里，洗了澡，修了毛，并在朋友圈发文寻找狗主。一位与寻找狗主者和狗主寻狗者都是微信里好友的朋友，将两条启事联系起来，完成了双方的寻找使命。万能的朋友圈啊！

第三次经历更为惊心动魄，估计很少有谁家狗狗能望其项背。我们找遍了小区的每一个楼道（因为它曾经跑到从未去过的一栋楼的五楼而找不到回家的路）后，还是依赖朋友圈。发布寻狗启事后，有人反馈说在金鹰河边发现疑似目标；驱车跑到金鹰河边，不见踪影；继而有人发现公安特警车拖走一条大白狗，还上传了照片，有图有真相，确乎是俺家大白。打 110 询问，让去看守所看看。到了看守所才知道那儿有个警犬基地，也收留流浪狗。要证明是你家的狗狗，还需带上身份证、养狗证到宿城公安分局打狗办写证明。拿了证明到看守所提狗，感觉这个过程跟捞人一模一样的。

隔壁小区徐大夫家也叫大白的萨摩耶走失一次就再也没找回来，徒留悲伤给全家。我们家大白丢失了很多次，每次都能毫发无损地回来，这次我们还能这么幸运吗？

午夜 12 点又是朋友圈传来线索，有人说 7 点左右在金鹰肯德基发现了一条大白狗，很像我们要找的狗。比对照片，果不其然。提供线索者说，当时肯德基店员把它拉进店又送了出来，后来的结果就不知道了。有了时间地点，我们直奔富康路派出所，预备调监控追踪其下落。值班民警急着出警，让我们等等，一会儿让人来处理。约莫过了十来分钟，一个民警拿着一个文件夹过来，询问了相关情况，接下来的消息让我们又惊又喜。大白被肯德基一个朱姓店员安置了，让我回去等电话。半路上一个小女孩打来电话，说狗狗被她带回送到家门口宠物店了。大白又一次失而复得。加了微信，看那个小女孩的朋友圈，她用小小的电动车带着大大的大白狗，一手扶车把，一手揽着大白，像抱着个大个儿孩子，太有爱心了，太让人感动了！

大白这么幸运，每次都能遇到好人！后来仔细一想，哪是什么幸运，是文明城市宿迁好人多啊！

跋：我的父亲王其成

王听晨

当我看到一些影视作品中的父亲形象时，我时常会想到我的父亲。

比如经典影视剧《情深深雨濛濛》中的黑豹子陆振华，他不怒自威，生起气来更是骇人。但后期和陆依萍和解之后，对这个女儿由衷地欣赏和喜爱，又使人动容。

又比如前些年大火的电影《摔跤吧！爸爸》里阿米尔·汗饰演的马哈维亚，和我的父亲一样对女儿言传身教，真心疼爱。唯一的区别可能就是他舍不得打女儿，但是我爸舍得打我。

和这些形象伟岸的荧屏父亲们一样，我的父亲也在他所擅长的领域有不凡的建树。他拥有一份他所热爱的工作——教书育人。他的课堂风格别具一格，幽默风趣，总能让学生从中了解到书本之外的世界。

文字是他信手拈来的玩具，他的文章并不拘于修辞的华丽，读者往往能从他看似平淡寻常的行文中品出韵味和深意。今天在各种短视频流媒体的影响下，许多人变得木讷而偏执。我的父亲却一直保持深度思考，保持输出内容，这一点尤为可贵。可能这就是知识分子的风骨吧。

我的父亲爱好阅读，在他的影响下，我也对读书写字涉猎一二。虽然我的工作是制作视频，但其实视频的内核也是文字。每个时期主流的表达形式不同，就像以前的一些青春文学作家如今也转型当导演拍电影，但内容本体还是靠文字、剧本来表达。

我的观众和同行时常夸我的视频幽默风趣，“脑洞连着宇宙”，殊不知我正是在“段子手”父亲的影响下才开了这个“外挂”。

虽然家长形象代表了权威，但我的父亲却鼓励我反抗权威。他会对一些大人物大事件发表自己的独特见解。如果我吐槽我的老师有些言行不当，他也让我别听他们的。他说：人成长的过程就是和班主任做斗争的过程。

成长途中，我自然也常和父亲发生龃龉，在一次一次的“斗争”之后，往往是我获得了最终的胜利。在这个过程中，我感觉到我好像渐渐打破了坚硬的屏障破壳而出，然后向天空伸出了一对强壮的翅膀，我获得了对生活无比的自信，我觉得命运掌握在我自己手中。我不愿受到别人的束缚，不愿屈从于我不想要的人生。我愿意自己做出选择和努力，愿意为此承担或喜或忧的后果。

这是多么重要的品质啊！

这些年，移动互联网的发展下沉到了人间各处，让我见识到了现实中还有这么多不靠谱的父亲。我这才更加体会到我生活在一个多么幸福的家庭。我的父亲是真的很爱我。

小时候父亲下班回家总是会给我带来朝牌饼、韭菜合子、豆汁这些美食作为晚饭。这些美食被他揣在夹克衫里面（豆汁是挂在自行车车把上），送到我手上的时候还是滚烫的。还有我坐在他自行车的大杠上四处张望，下坡的时候风吹着脸格外舒爽，都是美好的童年记忆。

再比如网友们经常抱怨的“催婚”问题。我 27 岁还是单身，奶奶问起我的婚事来，父亲说：“隔代的事情您老就别管了。”在别人家的父母催婚不止的情况下，许多网友仓促之间盲婚哑嫁，结局惨淡。父亲深知选择一个人生伴侣的重要性，几乎从不和我探讨这个问题，可能是害怕影响到我的心态。父母没有让我将就，而是鼓励我遵从自己的意愿做选择。

在广大网友的语境中，父母似乎总是“老一辈人”，总会和“无趣”“封建”“保守”这些词联系到一起。我和父母之间几乎没有什么代沟，对于我喜欢的游戏、电竞，他们也颇有了解；现在他们也时常教我一些人生的经验，或者分享一些有趣的八卦消息。他们是我无话不谈的好朋友。

这就是我的父亲，一个非常好的父亲。

王昕晨

写于 2021 年父亲节

王昕晨，本书作者的女儿，就职于上海腾讯。

附:

宿迁市区旅游指南

随着生活水平的提高，小众化越来越成为人们追求的目标。旅游亦是如此。名山大川、都市名城不是人满为患，就是司空见惯；而小城市、小地方倒往往特色鲜明，吸引着一批批游客的到访。宿迁就是这样一座新兴的旅游城市。

宿迁有山。宿迁三台山是马陵山的余脉，虽然最高峰海拔仅 73.4 米，但境内峰峦起伏、沟壑纵横、森林幽古、碧水澄澈，确有山的精魂。经过精心打造的三台山森林公园，总面积达 12.7 平方公里，是国家 4A 级旅游景区。公园以“最美的生态、永远的时尚”为设计理念，以“那山，那水，衲田”为核心产品，春看衲田花海，夏赏曲水风荷，秋有红枫之恋，冬来梅村煮雪，是心灵憩地、梦中原乡。这里的梨兰会、衲田村、衲田花海、珍奇紫薇园成为远近闻名的网红打卡地。梨兰会位于果林秘境景区，每年三四月份，空中的梨花和地上的二月兰同时绽放，白紫交融，冰清玉洁，美不胜收；手工干垒石墙构筑的衲田村，由 39 个单体建筑布置而成，村内流水淙淙，村外花海簇拥，让人流连忘返；由 612 块花田错落缝补拼接而成的衲田花海，总面积达 2220 亩，春夏秋三季皆五色花开、香飘成海，2.3 公里长的彩虹桥纵卧花海，既为赏景提供了好的视角，又给花海增添了立体效果；中华珍奇紫薇文化园引进平均树龄达 200 年的紫薇老桩，造型苍劲古朴，花开五彩缤纷，视觉冲击力极强。森林公园坐落在市区北郊，距离市中心不到 10 公里，交通极为便利，是一处城市山林。

宿迁有水。宿迁坐拥江苏省第二大淡水湖洪泽湖和第四大淡水湖骆马湖。骆马湖就在城外，天气晴好时站在城市高楼上就能看见骆马湖的浩渺烟波；湖面面积近300平方公里，水质常年达国家二级饮用水标准；湖岸线近100公里，岸上树影婆娑，芦荡悠悠，花团锦簇，徜徉其间，惬意无比；湖水清波荡漾，鸥鸟点点，是众多国家级候鸟的栖息地；湖内有60多个岛屿，最大的戴场岛面积达1980亩；骆马湖东畔建有湖滨公园，2011年9月江苏省园艺博览会在此举办，湖滨公园遂由以生态湖滨浴场及骆马湖原生态风光为景致的景区，进而形成以园博园为核心的自然、人文、体验集聚的大型主题公园。宿迁城区还有古黄河与京杭大运河两条河流穿城而过，京杭大运河皂河三湾至城区的41公里河段为世界文化遗产。宿迁是名副其实的水韵名城。

宿迁有名胜。项王故里坐落在市区项王路与黄河南路交会处，是中国首家以项羽和项家文化为主题的景区，核心区占地面积260亩，是国家4A级旅游景区。项王故里以楚地汉风为主，兼具宫廷建筑和园林建筑风格，分为项王故里核心区、西楚大街商业休闲区、滨水文化休闲区等功能片区。核心景区从古城门开始，依次设项羽雕像、项府、项苑、项羽故居、项家宗祠、霸王古今馆等10个主要景点景观。高达9.9米的项羽雕像屹立在西楚古城门前，登上24.5米的古城楼最高处，楚风建筑群尽收眼底，穿越千年的历史厚重感扑面而来。将署内戏下分封、巨鹿之战、彭城大战、鸿门宴等，一个个旷世流芳的经典战例，以情景再现的形式展出，展现了波诡云谲的历史宏图，还原了西楚霸王的传奇人生。项王故居是景区的核心建筑，是西楚霸王的出生地及青少年成长的地方。三进院落，楹联诗碑，名家荟萃；项王手植槐，天下第一；千年梧桐树，五代不息。项家古井、乌骓马、汉白玉雕像，勾起今人无限追忆。项府是项氏家族生活起居、婚嫁、宴会祭祀的场所，通过10个展示区集中展示楚地的风土人情和独特魅力。博大的青铜器文化、漆器文化，楚式风情的姻亲文化，带你体验西楚贵族生活。六艺园展示礼、乐、射、御、书、数等君子“六艺”，游客在这里可以一展身手。

宿迁有古迹。位于湖滨新区皂河镇龙运城内的龙王庙行宫，原名“敕建安澜龙王庙”，是世界文化遗产、全国文保单位、国家4A级旅游景区。行宫始建于清顺治年间，改建于康熙二十三年，后经雍正、乾隆、嘉庆各代皇帝的复修和扩建，形成了占地36亩、红墙周庭、三院九进封闭式合院的北方宫廷式建筑群。乾隆皇帝6次下江南，5次驻跸于此，并建亭立碑，故又称之为“乾隆行宫”。龙王庙行宫主要建筑有御碑亭、钟鼓楼、古戏楼、怡殿、禹王殿等殿阁亭台20多处，坐北朝南，布局对称，重檐斗拱，建筑雄伟。禹王殿是这一组古建筑群的主体，重檐硬山，屋面饰黄色琉璃筒瓦和龙吻。乾隆驻跸即下榻于此殿。院落内植有柏、柿、桐、椿、槐、杨六树，谐音“百世同春”“百世怀杨”。宿迁龙王庙行宫是全国乾隆行宫中规格最高、规模最大、唯一留存于世且最具代表性的宫殿式古建筑群。该处建筑具有极高的艺术造诣与文化价值。

宿迁有美酒。宿迁是中国酒都，拥有八大名酒中的两个——洋河、双沟。洋河酒文化旅游区就坐落在洋河美酒产地洋河新区洋河镇中大街，面积10平方公里，是全国工业旅游示范点、国家4A级旅游景区。洋河酒文化旅游区依托洋河酒厂这一全国知名白酒企业，在展现中国白酒传统文化内涵的同时，着力打造以白酒酿造、品鉴体验为核心的特色工业旅游景区。闻名遐迩的美人泉景观园、规模宏大的酿酒生产车间、幽静神秘的百年地下酒窖、别具一格的陶坛储酒基地、领跑行业的现代化包装物流中心等众多景点坐落于景区内，是一个融酿酒历史文化、科普教育、休闲购物于一体的综合型文化旅游景区。

二日游行程推荐：

洋河下高速：洋河酒厂、项王故里、三台山，晚宿三台山；三台山、骆马湖、乾隆行宫、龙运城，宿迁西回程；

宿迁下高速：项王故里、骆马湖、三台山，晚宿三台山；乾隆行宫、龙运城，洋河酒厂，洋河回程；

宿迁西下高速：乾隆行宫、龙运城、项王故里，晚宿市区；洋河酒厂、骆马湖、三台山，宿迁北回程；

宿迁北下高速：三台山、骆马湖、乾隆行宫、龙运城，晚宿市区；项王故里，洋河酒厂，洋河回程。

餐饮推荐：

非物质文化遗产：黄狗猪头肉（运河路）、糁汤牛肉锅贴（南湖路、皂河电管站）、鱼头饺子（皂河船闸）。

小吃一条街：宝龙 24 街夜市、金鹰食坊、吾悦广场下相里。

住宿推荐：

恒力国际大酒店（洪泽湖西路）、星辰国际酒店（骆马湖旅游度假区）、双星国际酒店（骆马湖旅游度假区）、宿迁国际饭店（发展大道）、枫华丽致酒店（项王路）、恒峰国际大酒店（南京东路）、君临国际酒店（青海湖路）、远航大酒店（发展大道）、维也纳国际酒店（发展大道）、金陵运河酒店（环湖大道）、金天国际大酒店（环湖大道）、汉庭酒店、桔子酒店、全季酒店、如家酒店、锦江之星酒店、亚朵酒店、格林豪泰酒店、七天酒店、丽枫酒店、希岸酒店、三台山民宿（三台山森林公园内）、听蝉居客栈（宝龙 24 街）。

双塔倒影

落日晚舟